NIENTE NOZZE PER ME

OWEN & NATHAN
LIBRO 2

JAY NORTHCOTE
SARA LINDA BENATTI

COPYRIGHT

"Niente nozze per me"
Copyright © 2022 Jay Northcote
Cover Artist: Garrett Leigh
Traduzione: Sara Linda Benatti per "Quixote Translations"
Edizione Italiana a cura di: Alessandra Magagnato
Tutti i diritti riservati

Informazioni sul libro che avete acquistato

Questa è un'opera di fantasia. Nomi, personaggi, luoghi e avvenimenti sono il prodotto dell'immaginazione dell'autore o sono usati in modo fittizio e ogni somiglianza con persone reali, vive o morte, imprese commerciali, eventi o località è puramente casuale.

Grazie per aver acquistato questo e-book. L'acquisto non rimborsabile, di questo e-book garantisce UNA SOLA copia legale a testa da essere utilizzata su un solo pc o dispositivo di lettura.
Questo e-book non potrà essere in alcun modo oggetto di scambio, commercio, prestito, rivendita, acquisto rateale o altrimenti diffuso senza il permesso scritto dell'editore e dell'autore.
Qualsiasi distribuzione o fruizione non autorizzata, totale o parziale, online oppure offline, su carta o con qualsiasi altro strumento già esistente o che deve ancora essere inventato, costituisce una violazione dei diritti d'autore e come tale è perseguibile penalmente. Chiunque non desiderasse più possedere questo e-book deve cancellarlo dal proprio pc.

AVVERTENZE:

La riproduzione o distribuzione non autorizzata di questo prodotto, protetto dal diritto d'autore è illegale.

UNO

«Dai, forza, tesoro.» Owen fece scivolare il braccio attorno alla vita di Nathan e strinse. Il caldo peso del braccio di Nathan che andava a sistemarsi sulle sue spalle era piacevole. Con quei centimetri di altezza in più che aveva su di lui, messi così combaciavano alla perfezione. «Non vedo l'ora di ballare con te. È passato troppo tempo dall'ultima volta che abbiamo fatto cose sconce sulla pista.»

La loro vita sociale di solito comprendeva più pub che disco club, ma quella sera c'era l'addio al celibato di Jack e Simon, e ballare era decisamente nei piani.

Simon e Jack camminavano davanti a loro, Jack con la mano infilata nella tasca posteriore dei jeans aderentissimi di Simon, che stava sghignazzando per qualcosa che il compagno aveva appena detto. Sembravano talmente felici.

Owen tirò Nathan più vicino e si allungò a dargli un bacio sulla guancia. Nathan gli sorrise, e lui ricambiò il sorriso.

Era bella la vita.

Per entrare nel club c'era una gran fila. Era tardo maggio, ma quella non era una serata calda, e stava cadendo una pioggia leggera. Owen rabbrividì e si spostò più vicino a Nathan, rassegnandosi a una mezz'ora di attesa prima di entrare. Ma Simon li trascinò tutti quanti in testa alla fila e si mise a flirtare spudoratamente con il tizio enorme che stava alla porta, sbattendo le ciglia e standogli decisamente troppo appiccicato.

«È il nostro addio al celibato.» Gesticolò indicando Jack che gli stava accanto con l'aria imbarazzata. «Siamo solo in dieci. Non potresti farci un favore?»

Il buttafuori squadrò dalla testa ai piedi tutto il suo metro e settanta. Simon aveva delle corna di cervo coperte di velluto piantate sui biondi ricci angelici, e un boa di piume rosa attorno al collo, sgraffignato a una delle drag queen nel bar da cui erano appena usciti. Poi guardò Jack, con le corna abbinate, e abbassò lo sguardo a leggere la scritta sulle loro magliette "Futuro Sposo" altrettanto abbinate. Il buttafuori stava cercando di fare la faccia seria, ma gli sussultavano le labbra.

«Sì, forza, andate.» Indicò la porta con uno scatto della testa.

«Grazie, sei un campione.» Simon gettò le braccia attorno al tizio massiccio e gli diede un bacio sulla guancia.

«Non c'è di che. Quando è il matrimonio?»

«Quattro settimane da oggi.» Simon strinse Jack con un braccio, sorridendo.

«Congratulazioni,» disse il buttafuori. «Spero che vi divertiate.»

«Grazie, amico.» Owen gli diede una pacca sulla spalla,

intanto che passavano. I muscoli di quel tizio sembravano solida roccia, e a lui non sarebbe piaciuto per niente stargli antipatico. Meno male che era palesemente un duro con il cuore tenero.

NEL CLUB le cose si incasinarono alla svelta. Simon spazzò via un po' troppi *vodka jelly shots* direttamente dal corpo di Jack e poi ci volle qualcuno che lo tenesse in piedi, sulla pista da ballo. Fortunatamente per lui, erano in tanti e potevano fare a turno. Jack gli fece bere un paio di bottiglie d'acqua, e gradualmente tornò un po' più sobrio. Verso la fine della nottata, Simon e Jack erano avvolti l'uno attorno all'altro come l'edera, con Simon che in pratica cavalcava la coscia di Jack intanto che si baciavano come se fossero le uniche persone nella stanza, le corna da cervo ancora ben salde al loro posto.

Owen era tra le braccia di Nathan avvolto nella beata foschia dell'*ubriaco quel tanto che basta*, con una fiamma di eccitazione che gli bruciava nel ventre, sempre di più man mano che ballando si avvicinavano, finché tra di loro non rimase più alcun varco. Si baciarono per quelle che sembrarono ore senza tornare in superficie per cercare aria, prima che alla fine Owen si tirasse indietro.

Premette le labbra all'orecchio di Nathan per sussurrargli: «Se andiamo avanti così ancora un po' va a finire che vengo nei pantaloni.» Gli leccò via un po' di sudore dal collo; il profumo di Nathan, eccitato e bollente, era troppo buono per resistere.

«Sì?» La voce di Nathan era un profondo rombo nel suo

timpano. «Che cosa vuoi fare al riguardo? Te lo potrei succhiare nei gabinetti.»

A quel pensiero Owen si sentì dentro una scossa di calore. Ci pensò su per un attimo. Un pompino rapido in un cubicolo pieno di graffiti, le labbra di Nathan attorno al suo cazzo, lui che gli tirava i capelli e gli scopava la bocca. Era una tentazione. Però no.

«Andiamo a casa. Ti voglio scopare,» gli disse all'orecchio.

Nathan rabbrividì, le mani che di riflesso si stringevano sui suoi fianchi. «Sì,» rispose. «Sì. Mi sembra una buona idea.»

RUZZOLARONO FUORI dal taxi che erano riusciti a catturare in centro. Il breve tragitto era stato una tortura, tutto sguardi roventi e mani che vagavano di soppiatto, lì sul sedile posteriore. Almeno, era stato più rapido che tornare a casa a piedi.

Owen diede all'autista dieci sterline e gli disse di tenere il resto. Aveva bisogno di avere Nathan nudo e sotto di sé il prima possibile. Sotto, oppure sopra. Non era pignolo.

Nathan aprì la porta dell'appartamento in cui adesso abitavano assieme, e lui lo spinse contro il muro non appena se la furono chiusa alle spalle. Vivere insieme era fantastico, pensò intanto che gli slacciava cintura e pantaloni e gli tirava fuori l'uccello già mezzo duro. Avere la casa tutta per sé voleva dire che potevano fare cose del genere in corridoio, oppure in cucina, o dove accidenti preferivano.

Si lasciò cadere in ginocchio e gli chiuse la bocca sulla punta dell'uccello, stuzzicandolo con labbra e lingua finché

Nathan non emise un gemito e gli afferrò la nuca, costringendolo a prenderlo più a fondo.

Owen si aprì i jeans in modo da potersi infilare la mano nelle mutande e si diede una strizzata all'uccello. Dio, era già ridicolmente appiccicoso per tutto quello strusciarsi nel club. Resistette all'impulso di accarezzarsi; sarebbe stato troppo. Voleva essere in grado di scopare Nathan quando lo avesse portato fino al letto, e dopo tutto quell'alcol rischiava di avere dei problemi a farselo drizzare una seconda volta, prima di finire schiantato dal sonno.

Nathan c'era vicino adesso, emetteva piccoli mugolii disperati mentre lui gli succhiava il cazzo, prendendolo più a fondo.

«Mi farai venire,» lo avvertì.

Ma sapeva che Nathan sarebbe stato in grado di venire di nuovo mentre lui lo scopava, e voleva esattamente quello. Voleva far venire Nathan proprio così, nell'ingresso. Era arrapato dalla propria disperazione, dal dolore alle mascelle e dal sapore di Nathan sulla lingua. Lo succhiò più forte e lo prese ancora più a fondo, strozzandosi un po', ma non aveva importanza. A Nathan tremavano le gambe; gli afferrò i capelli, si piegò in giù con un gemito, e venne, riversandosi nel fondo della sua gola.

Owen si tirò via e deglutì, accarezzandolo con la mano libera finché Nathan non cominciò ad ammorbidirsi.

«Porca puttana.» Nathan gli spinse via la mano e si lasciò scivolare lungo il muro finché non furono faccia a faccia, le gambe che bloccavano i fianchi di Owen, ancora lì inginocchiato.

Nathan gli prese il viso tra le grandi mani e lo tirò

avanti per un bacio, e lui si domandò se riuscisse a sentirci il proprio sapore.

Quando si tirò indietro, Nathan si mise a ridacchiare. «Pensavo avessi intenzione di scoparmi.»

«Oh, ce l'ho, non ti preoccupare.» Owen fece un mezzo sogghigno. Poi si alzò in piedi e gli offrì una mano per tirarsi su. «Quindi porta il culo di sopra e spogliati.»

«Sei proprio un romantico.»

«E a te piace, sgualdrinella.»

DIECI MINUTI PIÙ TARDI, con la faccia premuta tra le natiche di Nathan mentre gli mangiava il culo, Owen stabilì che era esattamente quello il romanticismo. Era sapere di cosa il tuo amante avesse bisogno e darglielo. Era fare star bene la persona a cui tenevi, a letto e fuori dal letto. Quindi sì, magari per certe persone quello poteva voler dire lume di candela e fiori e roba del genere, ma per lui quel preciso momento era praticamente perfetto, cazzo, e sembrava che ne fosse ben felice anche Nathan.

Quando Nathan fu quasi inerte per il piacere e i suoni che stava producendo gli dissero che era pronto per essere scopato, Owen lo incitò a rigirarsi sulla schiena.

«Ehi, sexy.» Incrociò lo sguardo stordito del compagno e gli sorrise.

Nathan ricambiò il sorriso.

Owen si allungò a prendere il lubrificante dal comodino e se lo spalmò sull'uccello. «Hai bisogno delle mie dita?»

Nathan scosse la testa. «No. Solo di te.»

Lui si mise in posizione e si aprì la strada nello stretto

calore del corpo di Nathan. La sensazione quasi gli tolse il fiato. Senza barriere tra di loro era intensissima, ed era ancora una novità, anche dopo un anno di scopate senza preservativo.

Nathan lo trascinò dentro, avvolgendogli le gambe attorno alle cosce. Quando lui fu immerso fino alle palle rimase immobile, Nathan si irrigidì per un attimo, poi si rilassò con un respiro incerto. «Dio, che bello.»

«Sì.» Owen si chinò a dargli un lungo bacio che fece scoppiare delle scintille nel suo corpo e gli incendiò il sangue. I suoi fianchi iniziarono a muoversi quasi per conto proprio, ma Nathan lo incoraggiò, guidandolo, tenendogli le mani sul culo finché lui non cominciò a scoparlo con un ritmo lento e pigro. Lento andava bene. C'era vicino già da un bel po', con tutto quel flirtare nel club e il pompino nell'ingresso. Non voleva fare le cose troppo di corsa, adesso che era finalmente dentro Nathan.

Riusciva a sentire l'uccello del compagno tra di loro, di nuovo quasi completamente duro, e roteò deliberatamente i fianchi in modo che Nathan ricevesse un po' di attrito, intanto che si muovevano assieme. Tra un po' glielo avrebbe accarezzato, per fare in modo che venisse, ma per il momento era perso nella dolce intensità del loro bacio, e non voleva interrompere quel contatto.

Alla fine, quando sentì che c'era quasi, si tirò indietro con riluttanza e si mise in ginocchio in modo da potergli tenere una mano sull'uccello. Lo prese in una stretta decisa e lo accarezzò, proprio come sapeva che piaceva a Nathan.

Il sesso con Nathan era stata una rivelazione. In precedenza, di rado aveva fatto sesso con la stessa persona più di una volta. Non si era mai preso il tempo per imparare il corpo di un altro, per scoprire come esattamente farlo tremare, gridare e venire così forte da fargli quasi perdere i sensi.

Mentre guardava Nathan sentì il cuore allargarsi, così gonfio da diventare troppo grande per lo spazio nella cassa toracica.

«Ti amo.» La voce gli venne fuori roca, spezzata.

Nathan incontrò il suo sguardo e gli si curvarono le labbra in un sorriso, umido e luccicante per via dei baci. «Ti amo anch'io,» riuscì a dire, anche se era senza fiato. Vicinissimo a venire, collo e torace arrossati fino a un rosa scuro che faceva il paio con la punta dell'uccello, che a sua volta emergeva dal suo pugno a ogni colpo. «Così tanto.»

Owen lo accarezzò più forte, lo scopò più a fondo, e Nathan venne, gridando il suo nome mentre gli schizzava sulla mano, rendendo più scivolosa la sua presa. Quel pulsare caldissimo attorno all'uccello lo portò oltre il limite, e con un gemito si svuotò le palle nel corpo accogliente di Nathan. Il fremito possessivo di poterlo riempire in quel modo gli strappò fuori un ultimo schizzo di sperma, e poi crollò, finendo sdraiato in quel disastro che c'era sulla pancia di Nathan mentre questi gli chiudeva le braccia attorno e gli baciava il collo, la guancia, tutti i punti che riusciva a raggiungere, il suo respiro che un po' alla volta si calmava, e il battito del cuore che tornava normale.

Quasi si appisolarono così, sudati e appiccicosi e senza darci peso. Il suo uccello si stava ammorbidendo e iniziava a scivolare fuori, quindi lui si estrasse con prudenza e si spostò, tirandosi su un fianco, con le braccia di Nathan ancora chiuse attorno.

«Fra un minuto vado a prendere un asciugamano,» mormorò.

Nathan si limitò a fare un mezzo grugnito. Dal suono sembrava che non gli importasse del pasticcio. E Owen si addormentò prima di riuscire a trovare le energie per muoversi.

DUE

Mentre Jack e Simon pronunciavano i loro voti Nathan lanciò un'occhiata di sottecchi a Owen, seduto accanto a lui. Jack stava parlando con voce bassa ma decisa, e quella di Simon risuonava limpida al di sopra della folla lì riunita.

Owen teneva lo sguardo fisso sulla coppia, e aveva gli occhi lucidi a livelli sospetti. Mentre lui lo guardava, si schiarì la gola e si asciugò dall'angolo dell'occhio quella che supponeva fosse una lacrima.

Nathan trattenne un sorriso e riportò l'attenzione sui due sposi. Con buona pace delle proteste di Owen sul fatto che non vedeva che senso avessero i matrimoni, che erano una cosa obsoleta e inutile, stupida perfino per le coppie etero, a meno che non fossero coppie religiose. Anche se non credeva nel principio del matrimonio – che fosse matrimonio gay oppure no – era bello vedere che non era totalmente immune dalle emozioni della circostanza. Nathan se la sarebbe goduta a prenderlo in giro, più tardi. Ma nel frattempo gli prese la mano e la strinse, e Owen ricambiò la stretta.

Arrivati alla chiusura anche lui aveva gli occhi umidi, e quando il celebrante disse "Io ora vi dichiaro marito e marito" diede proprio il via alle lacrime. Simon era assolutamente radioso quando alla fine lui e Jack smisero di baciarsi e si girarono a salutare gli ospiti, mano nella mano. Jack era rosso in faccia, e più impacciato. Palesemente non gli piaceva essere al centro dell'attenzione, a differenza del suo ora marito, ma il sorriso autentico e la gioia che entrambi emanavano a ondate toccò il cuore a tutti i presenti.

Nathan sospirò. La mano di Owen era ancora nella sua. Le loro dita si erano intrecciate per conto loro, proprio come le loro vite. Avevano una relazione da due anni e vivevano insieme da uno, e lui non era mai stato più felice. Ma guardando Simon e Jack sentiva di desiderare di più. Voleva quello. Solo che aveva paura a chiederlo, perché era abbastanza sicuro di quale sarebbe stata la risposta di Owen, e non sarebbe stata quella in cui sperava lui.

PIÙ TARDI, quando si misero a tavola, con loro c'erano Kirsty e il suo fidanzato, Lance. Nathan si ritrovò a fissare l'anello di fidanzamento che le scintillava al dito mentre l'altra coppia, uno degli amici di università di Simon e Jack, e la sua ragazza, li interrogava sui loro progetti matrimoniali.

Nathan cercò di prestare attenzione e di unirsi alla conversazione, ma non riusciva a evitare di sentirsi un po' invidioso di Kirsty. Cercò di allontanare quei sentimenti. Non era che gli mancasse un senso di impegno nella sua relazione con Owen. Sapeva che Owen lo amava. Non aveva più guardato un altro uomo da quando si erano messi assieme, e i giorni da sgualdrina erano una cosa passata. Owen diceva che non gli mancavano neanche un po', e lui gli credeva. Quindi perché ci teneva così tanto a mettergli un anello al dito? A essere sincero, non era sicuro del perché la cosa fosse importante per lui. Ma non poteva fingere che non lo fosse. Di norma tentava di non pensarci. Solo che essere lì e ascoltare Simon e Jack che si scambiavano i voti e vedere il loro rapporto che veniva riaffermato in maniera tanto pubblica gli faceva desiderare la stessa cosa per sé e Owen.

Incrociò lo sguardo di Kirsty, e forse la sua faccia stava rivelando qualcosa, perché lei aggrottò un pochino la fronte, poi gli fece un piccolo sorriso e cambiò argomento.

«Ehi, Nathan,» disse. «Tu e Owen fra poco partite per le vacanze, vero? Dov'è che andate?»

Nathan si gettò con gratitudine in una descrizione dei loro piani per una settimana su un'isola greca, in luglio.

«Non manca molto allora, eh?» commentò lei.

«Già, tre settimane da oggi. Non vedo l'ora. Sono più che pronto per un po' di sole. Quest'estate il tempo è stato uno schifo.»

Kirsty annuì, arricciando il naso. «Quanto è vero. Adesso vorrei avessimo prenotato anche noi da qualche parte nel Mediterraneo, invece che nel Lake District.»

DOPO CENA si ballò e si bevve, poi ci fu il taglio della torta, e poi si bevve ancora. Stanchi e accaldati per le danze, Nathan e Owen si erano liberati delle giacche, e rimasero per un po' accanto alla zona bar a chiacchierare con un Simon tutto rosso in faccia.

«Allora, per adesso come ti trovi con la vita matrimoniale?» gli chiese Owen. «Deve essere un sollievo sapere che ora potete smettere di fare sesso... Lasciarti alle spalle tutte quelle cose sgradevoli e abituarvi a essere una vecchia coppia sposata. Magari dovresti trovarti un hobby, tipo le partite a bocce su moquette, oppure il lavoro a maglia.» Fece un sorrisetto.

«Oh, ma fottiti,» disse Simon. «La vita matrimoniale è fantastica. E ce lo siamo già succhiato a vicenda nel bagno dei disabili, quindi penso di poter dire con certezza assoluta che la nostra vita sessuale sopravvivrà a questa faccenda del matrimonio.»

Nathan scoppiò a ridere, più per l'espressione scioccata di Owen che per l'aneddoto in sé. Era bello vederlo restare senza parole, per una volta.

«Bel colpo,» commentò con un mezzo sogghigno. «Però, seriamente,» e tirò Simon in un brusco abbraccio, «prima non ho avuto la possibilità di dirtelo. Congratulazioni. Tu e Jack siete splendidi assieme. Sono davvero felice per voi.»

«Grazie.» Quando Nathan lo lasciò andare, Simon sorrise. Poi negli occhi gli brillò una scintilla di malizia. «Magari voi due sarete i prossimi.»

«Sì, certo.» La voce di Owen era divertita, ma sarcastica. «Perché lo sai che io ho questa voglia disperata di convolare a nozze.»

Nathan cercò di ignorare l'istintiva reazione ferita per quella replica; sapeva che per Owen il problema non era lui.

«Sì, sì. Le conosciamo tutti le tue opinioni sul matrimonio,» disse. «Le hai rese ben chiare dopo che questi due si sono fidanzati.»

C'era stata una serata al pub in cui Owen era stato parecchio specifico sull'argomento. Jack si era offeso, ma Owen aveva fatto marcia indietro e aveva chiarito che il suo era un punto di vista personale e che non aveva nessun problema con il fatto che qualcun altro si sposasse. Non gli piaceva l'idea per se stesso, però.

«Non vuol dire che non sia felice per te e Jack,» disse Owen. «Però non vedo che differenza faccia un pezzo di carta. Per i miei genitori non ha funzionato, e c'è una quantità di coppie non sposate che invecchiano assieme, quindi non vedo il punto. Semplicemente, penso di non essere il tipo che si sposa.» Si interruppe, e arrossì. «Ad ogni modo, scusa. Chiudo il becco. Proprio non è né il momento né il luogo, giusto?»

«No,» disse Nathan. «Sei l'equivalente matrimoniale di Scrooge a Natale. Adesso smettila di fare il cazzone infelice e vieni di nuovo a ballare con me.» Lo prese per mano e si mise a tirare. «Ci vediamo dopo, Simon.»

Simon li salutò con la mano. «Sì, divertitevi, ragazzi. Ora, dov'è finito mio marito?» Sorrise. «Non mi stancherò mai di chiamarlo così.»

Verso la fine della serata la musica passò da disco e pop a lente ballate, e le luci si abbassarono. Brillo e rilassato, con le mani sulla vita di Owen e le braccia del compagno attorno al collo, a Nathan sembrava di fluttuare sulla pista. Erano circondati da coppie di tutte le età, etero e gay. Simon e Jack ondeggiavano assieme al centro di tutto quanto, guardandosi negli occhi, sorridenti e felici. Jack alzò una mano a scostare un ricciolo dalla fronte di Simon. L'anello matrimoniale scintillò sotto i riflettori, e all'improvviso Nathan si sentì stringere il petto.

Owen mi ama, ricordò a se stesso. *Un certificato di matrimonio è solo un pezzo di carta.*

NATHAN E OWEN avevano prenotato per la notte nello stesso albergo in cui si era tenuto il matrimonio. Simon e Jack avevano scelto un posto nel Somerset, a qualche miglio fuori città, e l'idea del sesso in hotel era stata molto più invitante rispetto a quella di tornare a Bristol in taxi a tarda sera.

Dopo aver ridotto a un disastro delle lenzuola che non avrebbero dovuto lavare loro, rimasero lì sdraiati a cucchiaio su quel letto, Nathan raggomitolato attorno a Owen, la mano sul ventre del suo ragazzo, a giocherellare pigra con i peli sotto l'ombelico. Gli diede un bacio sulla spalla, inspirando il profumo caldo e mascolino della pelle.

«Ti amo,» mormorò.

Owen si spostò più indietro, verso di lui, con un mugolio. «Ti amo anch'io. Questo lo sai, giusto?» Sembrava incerto, e aveva un tono serio quando aggiunse: «Lo so che è un cliché, ma tu sei davvero la cosa migliore che mi sia mai successa.»

Nathan sorrise contro la sua spalla. «Sì. Lo so.»

Owen rimase in silenzio per un attimo, prima di chiedere: «Ti dà fastidio che io non voglia sposarmi? Cioè, insomma... non che voglia neanche tu. Cioè, voglio dire, magari vuoi, però io...»

Si stava agitando, per cui Nathan lo interruppe. «È tutto okay. Lo so che cosa provi al riguardo, e lo capisco, anche se non concordo.»

«Quindi tu vorresti sposarti... se volessi anche io?»

Adesso il tono di Owen era difficile da interpretare, però si era irrigidito fra le sue braccia.

«Sì, forse. Okay... probabilmente,» ammise lui. «Mi piace l'idea del matrimonio. Quella dichiarazione pubblica di amore e impegno. Significherebbe qualcosa per me. Però non ne ho bisogno. Va bene così. Noi stiamo bene come stiamo.»

Forse, se avesse ripetuto quelle parole a voce alta alcune volte, sarebbe riuscito ad autoconvincersi. Perché anche mentre le pronunciava sapeva che non erano completamente sincere. La resistenza di Owen anche solo all'idea di sposarsi non era un grosso problema per il momento. Però si chiese che cosa avrebbe provato se fossero stati ancora assieme tra altri due anni, oppure cinque. Avrebbe avuto importanza se Owen ancora non avrebbe voluto starsene davanti ai loro amici e alle loro famiglie a fargli una promessa?

«Sei sicuro?» Owen sembrava dubbioso.

«Sì,» disse lui, con fermezza. «Hai ragione tu. È solo un pezzo di carta. Noi ci amiamo e vogliamo stare assieme. È questo ciò che conta.»

«Okay.»

Owen girò la testa per dargli un bacio sulle labbra. «Ti amo.»

«Lo so. Anch'io.» Nathan ricambiò il bacio rendendolo più profondo e deciso, ricacciando indietro quel fastidioso senso di insoddisfazione che indugiava ai margini della sua coscienza.

Lo sapeva. E avrebbe dovuto essere abbastanza... più che abbastanza.

TRE

L'argomento del matrimonio non tornò più alla ribalta per qualche mese. L'estate venne e passò, e la vita andò avanti come al solito. Il loro rapporto era solido come sempre.

A settembre inoltrato, un sabato, stavano tornando a casa a piedi dopo essersi visti in centro con degli amici per bere qualcosa. Era una notte limpida, e la luna era alta e splendente, quasi piena. Dato che stavano percorrendo le strade meno illuminate, quelle lontane dal centro, si vedevano anche le stelle.

«Andiamo da questa parte.» Owen si mise a tirare Nathan per mano, guidandolo via dalla strada e verso il sentiero che attraversava il giardino pubblico. «Ti ricordi quando siamo venuti da questa parte al... che cos'era, il secondo appuntamento, oppure il terzo?»

«Era decisamente il secondo. E sì, me lo ricordo.»

Nella voce di Nathan c'era un calore che lo fece sorridere. Gli strinse la mano. «È stato divertente. Ti va di andare sulle altalene stasera?»

«Okay.»

«Facciamo a gara.» Owen mollò la presa e si mise a correre lungo il sentiero, verso la zona con i giochi per bambini.

«Imbroglione!» gli gridò dietro Nathan. «Io non ero pronto.»

Ma avendo le gambe più lunghe lo superò comunque. Andò quasi a sbattere contro la staccionata che circondava la zona giochi e piroettò su se stesso per guardarlo con un sorriso trionfante.

«Che cosa ti ha trattenuto?»

«Stronzetto tronfio che non sei altro.» Owen gli andò deliberatamente addosso, schiacciandolo contro la recinzione e mettendosi a ridere quando Nathan sbuffò senza fiato, ma ridendo comunque anche lui.

Per un po' rimasero a dondolare in silenzio. Owen adorava sentire l'aria fresca sul viso e il ritmico cigolio delle catene metalliche. Era un po' stordito per via delle birre che aveva bevuto, ma in una maniera piacevole. Quella sera tutto era piacevole.

Quando alla fine Nathan smise di dondolare si fermò anche lui, mollò l'altalena e andò dal suo ragazzo, che gli sorrise.

«Ehi,» disse Nathan.

«Ehi.» Owen gli fece allargare le cosce con un colpetto e ci si infilò in mezzo. «Questo te lo ricordi?»

Si chinò a baciarlo, pensando all'altra volta in cui lo avevano fatto, proprio lì, più di due anni prima. Non era stato il loro primo bacio, quello era successo prima, lo stesso giorno, ma quella era stata la prima volta che si erano davvero persi l'uno nell'altro. Certe volte Owen aveva l'impressione che da allora non fossero più riemersi a prendere aria. Un tempo era stato un cinico, scettico riguardo alle relazioni e ben felice del sesso occasionale; poi si era innamorato perdutamente di Nathan e non se ne era mai pentito, neanche per un istante.

Gli affondò le dita tra i capelli per fargli cambiare angolazione, in modo da poter approfondire il bacio. Nathan gli mise le mani sui fianchi, e trovò la striscia di pelle nuda sopra la sua cintura. Si mise a muoverle appena su e giù, stuzzicandolo, infiammandolo di eccitazione e desiderio. Ma non c'era alcun senso di urgenza. Owen poteva aspettare finché non fossero arrivati a casa, nel loro letto. Sapeva che Nathan era una botta sicura, e in qualche modo, anche se forse quello avrebbe dovuto rendere le cose noiose e prevedibili, non lo faceva. Era tutto perfetto.

Quando alla fine lui interruppe il bacio, Nathan lo fissò, un po' stordito e bellissimo nel chiaro di luna, le labbra umide e socchiuse, e lui sentì una vampata feroce di amore e possessività. Nathan era suo. Cazzo, quanto era fortunato.

«Forse dovremmo sposarci,» disse, senza fermarsi a pensare prima di lasciar scappare fuori le parole.

Nathan sgranò gli occhi e poi deglutì, fissandolo con il pomo d'Adamo che faceva su e giù.

«Cioè, voglio dire...» Owen stava andando un po' nel panico, «...sarebbe fico. Potremmo fare una festa fantastica e roba del genere. Dovremmo proprio.»

Con il sistema circolatorio inondato dagli ormoni dell'amore e da qualche birra, tutto d'un tratto sembrava un'ottima idea. Perché diavolo non aveva mai voluto farlo, prima? In quel momento, guardando Nathan, non riusciva a ricordarsi il perché. E se anche non gli piaceva in generale l'idea del matrimonio? Beh, gli piaceva Nathan, ed era quello a contare. Poteva farlo eccome.

«Uh... è una proposta?» Nathan gli stava stringendo i fianchi più forte adesso, le dita che affondavano quasi abbastanza da lasciare i lividi.

«Immagino di sì...» Owen cercò di sorridere, ma il cuore gli batteva così in fretta che gli sembrava quasi di stare per svenire, o vomitare.

Ci fu una lunga pausa durante la quale lui tentò di interpretare l'espressione di Nathan, che teneva il viso rivolto verso l'altro, però era difficile capire cosa stesse pensando, nella luce fioca che arrivava dai lampioni e dalla luna. Ma poi, quando alla fine sorrise, fu una cosa troppo palese per non vederla.

«D'accordo, allora.»

Lo tirò più vicino, e si baciarono di nuovo. Owen affondò in quel bacio, la testa che gli girava, in un vortice di *ma che cazzo ho appena fatto?* e *sta succedendo sul serio?* Però Nathan gli chiuse le braccia attorno alla vita e lo tenne stretto, lo tenne stabile, e lui ricambiò il bacio. Vivevano già assieme, quindi un matrimonio non avrebbe cambiato granché. Se Simon era capace di farlo, era capace anche lui. Quanto poteva essere dura?

Quando alla fine si separarono di nuovo, Nathan disse: «È stata la proposta meno romantica di tutti i tempi.»

«Mi dispiace.» Owen fece spallucce. «Che cosa volevi? Una scritta su in cielo? Degli anelli dentro una torta?»

«Un anello di qualsiasi tipo sarebbe stato carino.»

«Beh, è stato un impulso del momento,» ammise lui. «Però possiamo prendere degli anelli, se vuoi...»

Nathan si alzò in piedi, poi lo prese per mano e cominciò a condurlo in direzione di casa.

«Vediamo come la penserai domattina, Romeo. Non mi sorprenderebbe se cambiassi idea, alla fredda luce del giorno. Forza. Andiamo a letto.»

LA MATTINA DOPO, la prima cosa che Owen pensò, quando ritornò pian piano alla coscienza, fu che aveva una sete tremenda. Non si era veramente ubriacato, ma anche così... addormentarsi senza bere prima un po' d'acqua era stata una cattiva idea. Solo che Nathan lo aveva distratto con baci e carezze, e poi era crollato.

La seconda cosa che pensò fu *Porca puttana. Ma mi sono fidanzato, ieri sera?*

Nathan era lì accanto a lui che respirava piano, sdraiato a pancia in giù, la testa voltata dall'altra parte. Owen si rigirò su un fianco e rimase a fissargli la nuca. I capelli biondi sul retro erano tutti arruffati, e sporgevano in direzioni buffe. A dispetto dell'ansia che gli stava annodando lo stomaco, gli venne da sorridere.

Dovevano discutere di quella faccenda, ma era contento che Nathan non fosse ancora sveglio. Quello gli dava un po' di tempo in più per pensare. Con cautela, scese dal letto e si infilò dei pantaloni della tuta e una maglietta. Nathan si mosse un po' e borbottò qualcosa nel sonno, ma senza svegliarsi.

Lui si preparò una tazza di tè e si sedette al tavolo della cucina, mescolando pigramente la bevanda e fissando i riccioli di vapore, intanto che soppesava le proprie opzioni.

Poteva provare a fingere di essere stato così ubriaco la

sera prima, da non ricordarsi la conversazione. Ma non pensava che Nathan ci sarebbe cascato, e comunque sarebbe stato un trucco proprio di merda. Poteva essere impulsivo, e carente nel reparto filtri tra cervello e bocca, però non era uno stronzo.

Oppure poteva uscirne svicolando. Nathan non si era buttato a pesce sul suggerimento, dopotutto. Era palese che gli aveva fatto piacere, ma era anche rimasto scettico riguardo al suo livello di impegno. Forse si era aspettato perfino che lui avrebbe fatto marcia indietro, la mattina dopo. Quella realizzazione gli fece nascere dentro qualcosa di sgradevole. Sapere che il suo ragazzo pensava che lui fosse il tipo di persona che faceva la proposta e poi se la rimangiava non lo faceva sentire troppo contento di se stesso.

E poi c'era la terza opzione, più terrificante: poteva andare avanti con l'idea.

Si immaginò un futuro in cui lui e Nathan erano sposati, e a essere sinceri non gli sembrava molto diverso dal futuro che aveva già in mente quando pensava a un futuro così lontano. Vivevano già assieme. Erano amici e amanti, il loro rapporto era tutto ciò che lui non era mai riuscito a immaginare di avere, finché non lo aveva trovato assieme a Nathan. Certo, a volte discutevano per delle stupidaggini, tipo lui che era pigro a lavare i piatti e lasciava i propri vestiti sporchi in giro, oppure Nathan che monopolizzava il telecomando e faceva lo strambo tenendo il volume per forza a livelli pari invece che dispari. Ma quelle erano piccole cose, giusto per sfogare un po' di tensione. Non discutevano mai su niente che avesse davvero importanza, e quando litigavano non durava mai a lungo. Non faceva nessuna fatica a immaginarsi di invecchiare assieme a Nathan, ed era quello che desiderava. Però non si era mai immaginato un matrimonio.

Prese il tè e bevve un sorso, poi fece una smorfia quando si rese conto che mentre era perso nei propri pensieri lo aveva lasciato raffreddare troppo. Non era più vicino di prima a stabilire che cosa volesse fare. Però forse era ora di svegliare Nathan e affrontare la situazione. E comunque aveva bisogno di sapere che cosa ne pensasse Nathan della faccenda, prima di prendere una decisione.

Rovesciò il tè ormai tiepido nel lavello, mise su il bollitore, e preparò due tazze, questa volta.

«Buongiorno, pigrone.» Appoggiò le tazze sul comodino, si spogliò di nuovo tenendo solo i boxer, e si infilò a letto accanto a Nathan. Il suo lato si era raffreddato, per cui si raggomitolò più vicino al compagno, mettendogli un braccio attorno e dandogli un bacio sulla spalla. Non voleva far cominciare male la mattina comportandosi in maniera strana.

Nathan si girò, strofinandosi gli occhi, la fronte aggrottata. «Giorno,» disse in tono un po' scontroso. Gli occhi azzurri erano leggermente iniettati di sangue, e aveva delle grinze sulla guancia, lasciate dal lenzuolo stropicciato.

A Owen venne da sorridere. «Ti ho portato il tè.» Sollevò una mano e seguì con l'indice le linee di quella guancia ancora arrossata dal sonno.

«Bene,» replicò Nathan quasi brontolando. «Cioè, voglio dire, grazie.» Gli fece un sorriso assonnato e posò una calda mano sul suo fianco, avvicinandosi per un rapido bacio.

«Non c'è di che.»

Nathan chiuse gli occhi, e lui si domandò se non si fosse appisolato di nuovo. Il silenzio incombeva tra di loro come qualcosa di tangibile, ma i pensieri che aveva nella testa erano assordanti, tanto da fargli accelerare il battito.

«Quindi... riguardo a ieri sera.»

Nathan riaprì gli occhi, e aveva un'espressione cauta. «Sì?» Poi aspettò.

La palla era palesemente nella sua metà campo. «Lo vuoi davvero fare?» gli chiese.

Nathan inarcò le sopracciglia. «*Tu* vuoi davvero farlo?»

Owen sbuffò. «È così maledettamente irritante quando rispondi a una domanda con un'altra domanda.»

«Beh, ma insomma, dai, Owen. Lo sai che io voglio. Non ho mai tenuto segreto il fatto che penso che sposarci sarebbe fantastico. Essere sposato con te sarebbe fantastico. Però non te l'ho mai chiesto perché tu hai sempre detto che non credevi nel matrimonio; come se il matrimonio fosse Babbo Natale o qualcosa del genere, ma vabbè. Capisco il tuo punto, anche se non concordo. Però tu hai sollevato l'argomento, e io ho detto di sì. Quindi sì. Io voglio. Però solo se vuoi anche tu.»

Owen lo guardò; guardò Nathan, i capelli incasinati, i segni del cuscino sulla faccia, le spalle possenti, e il rossore che gli si stava diffondendo sul collo e il torace mentre lui lo fissava. Emanava tensione a ondate, e anche se il tono della voce era stato leggero, lui lo conosceva. Sapeva che per Nathan la cosa era importante. E lui voleva renderlo felice. Poteva farlo, per Nathan. In realtà non era poi chissà che gran cosa. Era sostanzialmente quello che lui già voleva, soltanto in una versione leggermente diversa.

«Sì. Sì, lo voglio.» Guardò un lento, dolce sorriso distendersi sul viso di Nathan, incerto all'inizio, e poi sempre più ampio e luminoso. Ricambiò il sorriso, mentre i suoi dubbi persistenti recedevano come ombre sotto i raggi solari della palese gioia di Nathan.

«Sì?» La voce di Nathan si spezzò un pochino su quella parola. «Beh, allora credo che abbiamo un matrimonio da organizzare.»

QUATTRO

Nathan stava avendo dei problemi a concentrarsi sul film.

Owen era disteso sul divano, con la testa sul suo grembo, perso a seguire quello che succedeva sullo schermo. Ma lo sguardo di Nathan continuava a vagare verso il taccuino e la biro appoggiati sul tavolino da caffè, vicino ai suoi piedi. Era tardo pomeriggio, e avevano passato la maggior parte della giornata a rimbalzarsi idee per il matrimonio. Solo che lui continuava a pensare ad altre cose da aggiungere alla lista delle cose su cui dovevano fare ricerche, oppure organizzarsi. Non c'era da sorprendersi se i ricchi assumevano dei wedding planner. Non gli era mai capitato prima di riflettere su quanto lavoro ci volesse per mettere in piedi delle nozze.

D'un tratto gli venne in mente una cosa.

«Suppongo che dovremmo dirlo agli altri.»

Owen si voltò a guardarlo. «Uh?»

«Che siamo fidanzati.»

Owen arricciò il naso. «Detesto quel termine.»

«Promessi sposi?» suggerì lui, aggiungendo un sorrisetto

quando Owen fece il verso di chi sta vomitando. «Sul punto di convolare?»

«Con questo posso convivere.»

«Beh, allora. Lo facciamo? Dirlo agli altri, intendo. Probabilmente fra non molto dovremo scegliere una data, e dobbiamo essere sicuri che la gente che vogliamo che ci sia non prenoti le vacanze per lo stesso periodo o robe simili.»

«Suppongo di sì.»

«Questa è la tua ultima possibilità di fare marcia indietro.» Stava scherzando solo a metà. Non era ancora del tutto convinto che Owen fosse davvero convinto. Quando lo avesse detto alla famiglia e ai loro amici allora gli avrebbe dimostrato che intendeva sul serio andare avanti con la cosa. Aspettò, lo stomaco che faceva un po' di capriole. Sembrava che Owen ci stesse pensando su un attimo.

Owen si allungò a prendere il telecomando e mise in pausa, poi si mise seduto, con un'espressione decisa. «D'accordo, allora. Chi chiamiamo per primo?»

STABILIRONO che i genitori avevano la priorità, e lanciarono una monetina per decidere chi avrebbe avuto prima la notizia. Toccò alla madre di Owen.

«Non potremmo parlarci in simultanea con le famiglie?» chiese lui.

«Non se ne parla. Voglio vedere la reazione di tua madre su FaceTime.» Jan, la madre di Owen, adorava Nathan, quindi lui era abbastanza sicuro che sarebbe stata felice della cosa.

«Probabilmente è meglio così. Se glielo dicessi al telefono potrebbe farmi saltare i timpani. E tu smettila di fare quella faccia compiaciuta. Per te va tutto a meraviglia. Mia madre pensa che il sole sorga dal tuo culo. Non sono sicuro che i tuoi genitori siano altrettanto entusiasti di me.»

«Stronzate. Ai miei genitori piaci. È solo che non sono... espansivi quanto tua madre.»

«Ti rendi conto che andrà completamente fuori di testa e probabilmente cercherà di prendere il controllo di tutto quanto?» lo avvertì Owen. «Con il matrimonio di Ceri si è trasformata in una madre della sposa versione Godzilla. Ha passato tutto alla lente di ingrandimento.»

Nathan fece spallucce. «Basta che ci lasci l'ultima parola. Non sarebbe una brutta cosa avere qualcuno che ci dà una mano con le varie faccende. Ci sarà una quantità di roba da fare.»

«Un conto è aiutare, e un conto è telefonare ogni cinque minuti per i vestiti delle damigelle, per i fiori, per i menu e per le bomboniere,» replicò Owen, cupo. «Non dire poi che io non ti avevo avvertito. Ceri era quasi sul punto di ucciderla, quando finalmente è arrivato il gran giorno. Poi a me ha detto che sarebbe stato meglio scappare a Gretna Green, invece.»

«Posso gestire tua madre,» dichiarò Nathan con fermezza, sperando di avere ragione. Era una donna formidabile. «Tu fai la chiamata.»

Sistemarono il cellulare di Owen sul tavolino, appoggiato contro una tazza vuota, in modo che Jan potesse vederli entrambi se si fossero pigiati assieme sul divano.

Come previsto, lei fu follemente entusiasta della notizia. Si mise a strillare così forte che Nathan restò sorpreso che lo schermo del cellulare non si stesse frantumando, come un bicchiere di cristallo vicino a una cantante d'opera.

«Oh, ma è meraviglioso!» Jan si premette le mani sulle guance. «Sono così eccitata. Pensavo che ci sarebbe voluta un'eternità prima di avere un altro matrimonio in famiglia. Beth non mostra nessun segno di volersi sistemare.» Sospirò. «Però non sono affari miei, ovviamente.»

«Non che questo le impedisca di dare il tormento a Beth,» mormorò Owen.

«Cosa hai detto?» chiese Jan.

«Niente, mamma.»

«Sono elettrizzata per voi, ragazzi.» Fece loro un sorriso abbagliante. «So che sarete enormemente felici. Hai intenzione di dirlo oggi anche alle tue sorelle? Megan è fuori con gli amici, altrimenti avresti potuto dirglielo già adesso.»

«Mi conviene farlo,» disse Owen. «Se non lo vengono a sapere da me mi ammazzeranno. Potrei mandare degli sms, però. Sarebbe più rapido.»

«E per tuo padre?» Il sorriso di Jan era sparito.

Nathan sentì che Owen si irrigidiva, ma quando parlò il tono era ancora allegro. «Sì, non preoccuparti, mamma. Lo farò sapere anche a lui. Bada, non è che lo voglio al matrimonio...»

Nathan gli posò una mano sul ginocchio e strinse. Ancora non aveva incontrato il padre di Owen. Padre e figlio avevano pochissimi contatti, e quei pochi di solito erano tramite sms. Gli aveva telefonato per dirgli di lui quando erano andati a vivere insieme, sperando che magari potesse volerlo conoscere. Ma quando aveva suggerito che si vedessero da qualche parte una volta o l'altra, l'uomo aveva tirato fuori delle scuse, sostenendo di avere davanti delle settimane molto piene e che si sarebbe rimesso in contatto per stabilire qualcosa. Non lo aveva mai fatto, e Owen si era rifiutato di insistere, benché Nathan lo avesse incoraggiato a tentare di organizzare un altro incontro.

«Sarà meglio che si faccia vedere al tuo accidenti di matrimonio,» disse Jan, in tono velenoso. «Altrimenti gli spruzzerò dei glitter sulle palle e le userò come orecchini.»

«È tutto a posto, mamma,» disse Owen, conciliante. «Aspettiamo di vedere cosa dirà prima che tu cominci ad affilare l'ascia, eh? La cosa potrebbe stargli bene. E se non è così... beh. Allora non ce lo vorremmo comunque.»

Nathan riusciva a sentire dalla voce che era ferito. Gli strinse di nuovo il ginocchio, e Owen posò una mano sulla sua.

OWEN non ce la faceva proprio a parlare a voce con suo padre, quindi gli mandò un sms dopo aver finito di chiacchierare con la madre. Una mossa vigliacca forse, ma era più facile dare la notizia in quel modo. Non riusciva proprio a immaginare suo padre che rimaneva elettrizzato dalla cosa.

La telefonata ai genitori di Nathan fu meno drammatica. Non ci furono strilli, ma tutti e due sembravano sinceramente felici per loro. La madre versò un po' di lacrime, tamponandosi gli occhi con un fazzolettino, il padre si concentrò sugli aspetti pratici.

«Contribuiremo alle spese,» disse. «Abbiamo speso un po' di soldi per il matrimonio di Ben, e quella volta ne ho messi da parte per te nel caso ti fossero serviti in futuro.

Pensavo che magari li avresti voluti come caparra per un appartamento, un giorno o l'altro...»

«Non pensavo proprio che ti avrei mai visto sposato,» lo interruppe la madre di Nathan, con gli occhi ancora un po' umidi. «Ho scritto di te al mio parlamentare di zona, sai, prima del voto sul matrimonio egualitario.»

«Sul serio?» Nathan si sentì toccato. Non aveva mai pensato che sua madre fosse una tale attivista. «Non ne avevo idea.»

«Sì,» gli sorrise lei. «Avevo delle opinioni ben decise al riguardo.»

FINITO di parlare con i genitori di Nathan, mandarono degli sms alle altre persone: Ben, il fratello di Nathan; il padre di Owen; le sorelle di Owen; e poi agli amici che avevano in comune, Simon e Jack per primi, ovviamente. Per il resto della serata i loro telefoni diventarono una luminaria di messaggi e congratulazioni. Le repliche variavano dall'educato:

Splendida notizia, siamo così felici per voi, dal fratello e la cognata di Nathan, alla presa in giro: *Porco diavolo, come ha fatto Nathan a convincerti? Sei incinto?* da parte di Simon. Ma quello fu rapidamente seguito da un *Seriamente, però, è fantastico. Congratulazioni xxx;* al minaccioso: *Fico :) però se provi a farmi mettere uno schifo di vestito da damigella ti pesto,* dalla sorella più giovane di Owen, Megan.

Owen andò online e scovò una foto della più orrenda mostruosità rosa piena di balze che si potesse immaginare, e gliela spedì con la didascalia: *Questo è il genere di cosa che avevamo in mente. Ti starebbe da urlo.*

Lei replicò con una foto della propria mano che faceva il medio. Owen scoppiò a ridere e mostrò l'intero scambio di messaggi a Nathan, e a lui scappò uno sbuffo dal naso.

«La prossima volta che la vedrai sarai in un mare di guai.»

Megan non si faceva mettere i piedi in testa da nessuno. Era uno dei lati della ragazza che Nathan apprezzava, anche se poteva essere un po' spaventosa certe volte, per essere una sedicenne mingherlina che aveva l'aria di poter volare via al primo soffio di brezza.

«Comunque, le vogliamo le damigelle?» chiese Owen.

Nathan fece spallucce. «Se le tue sorelle sono disponibili. Potremmo far scegliere a loro cosa mettersi, per evitare drammi. E anche tua nipote. Quella sarebbe una cosa tenera.» La nipotina di Owen aveva quattro anni ed era un terremoto, ma un terremoto adorabile. «Non devono per forza fare tutte le damigelle. Potremmo lasciar decidere a loro.»

«Già. Dio, c'è talmente tanto a cui pensare, vero?» Owen si passò una mano tra i capelli. Sembrava stesse andando un po' fuori di testa.

«Vero, però può aspettare. Direi che per oggi abbiamo fatto abbastanza. Tuo padre ha già risposto?»

«No.»

Nathan riusciva a vedere la tensione nel modo in cui Owen teneva le spalle. Pensando che gli avrebbe fatto bene distrarsi un po', gli tolse il cellulare di mano, lo mise silenzioso, fece la stessa cosa con il proprio, e poi li posò entrambi con lo schermo verso il tavolino. Spinse giù Owen sul divano e gli si arrampicò addosso. Affidando il proprio peso alle mani, puntellate ai lati della testa del compagno, si chinò a baciarlo. Owen gli infilò le mani sotto il retro della maglietta con un mugolio, accarezzandogli la schiena e tirandolo a sé, tanto che il suo peso lo inchiodò contro il divano. Nathan lo baciò finché Owen non cominciò a strusciarsi contro di lui, palesemente eccitato, senza più stressarsi per i piani del matrimonio o per quello stronzo del padre.

Nathan interruppe a forza il bacio e si aprì la strada scendendo verso il basso, baciandogli il collo, poi stuzzicandogli i capezzoli attraverso il cotone sottile della maglietta.

Quando arrivò alla cintura e gli tirò su la maglietta per baciare e leccare la pelle liscia dei fianchi e strofinare il naso lungo la pista del tesoro, Owen gli aveva affondato le mani tra i capelli e stava ansimando forte.

Nathan agganciò le dita ai pantaloni della tuta e li tirò giù assieme all'intimo con uno strattone. Poi sollevò lo sguardo verso Owen e gli fece un sorriso, prima di dedicarsi a distrarlo, con molto impegno.

CINQUE

Il lunedì annunciarono il loro fidanzamento su Facebook, e per tutta la settimana continuarono ad arrivare messaggi di congratulazioni. Sembravano tutti talmente felici per loro. A Owen faceva piacere che la gente li stesse incoraggiando, però si sentiva come distaccato da tutto quanto. Ogni mattina doveva ricordare a se stesso che lo stavano facendo sul serio, e poi combattere contro l'ondata di ansia che accompagnava quel pensiero. Non riusciva a capacitarsi di essere davvero fidanzato, e di *avere* un fidanzato. Non gli sembrava reale. Gli pareva di girare in tondo tra paura e negazione, con un briciolo di eccitazione buttata lì ogni tanto.

Perfino suo padre alla fine rispose al suo messaggio. Non disse granché, e non pareva particolarmente entusiasta. Però gli fece le congratulazioni; era sempre meglio di niente.

Alcuni fecero domande sugli anelli, per cui Owen sollevò l'argomento con Nathan una sera a cena.

«Vuoi un anello di fidanzamento? Proprio non mi era

venuto in mente, soprattutto perché nessuno di noi due ha fatto la proposta convenzionale.»

Nathan mise giù la forchetta e lo guardò negli occhi. Poi ci pensò su, aggrottando la fronte. «Non sono sicuro. E tu?»

«Non proprio,» rispose Owen con sincerità. Cercò di imporre ai propri lineamenti un'espressione neutra. Non voleva dimostrare quanto lo mettesse a disagio l'idea stessa degli anelli di fidanzamento, perché non era certo se fosse una cosa che per Nathan era importante oppure no. Lui non ne era esattamente entusiasta, e non era sicuro del perché. Supponeva che avrebbero avuto degli anelli nuziali alla fine, ma aveva un po' di tempo per abituarcisi, prima che quello diventasse un problema. «Cioè, la gente lo sa già che siamo fidanzati, quindi che importanza ha? È solo un'altra cosa per cui spendere soldi, no?»

«Beh, non devono per forza essere costosi.» Nathan riprese la forchetta e riportò lo sguardo sul piatto. Aveva le guance un po' arrossate, ma il tono non rivelava granché. «Ma in un modo o nell'altro, non mi importa. Non c'è bisogno che ci prendiamo la briga.»

«Okay. Se sei sicuro.» Owen si sentì in colpa per la ventata di sollievo che gli corse dentro. E si affrettò a cambiare argomento. «Oh, mi ero scordato di dirtelo. Prima mi ha mandato un messaggio mia madre. Vuole sapere se possiamo andare a pranzo da lei domenica prossima.»

«Sicuro,» replicò Nathan. «Siamo liberi.»

«E mi ha detto di portare i progetti o gli appunti che abbiamo messo insieme per il matrimonio, quindi preparati.» Gli fece un mezzo sogghigno. «Sta arrivando l'uragano Jan.»

. . .

"URAGANO JAN" era proprio il nome giusto. Riuscirono a malapena a entrare in casa prima che lei si mettesse a parlare dei piani per il matrimonio.

Avevano fatto apposta ad arrivare in anticipo, in modo da avere il tempo per discutere tutto quanto con lei prima che arrivassero tutte le sue sorelle e la giornata precipitasse in un fragoroso caos. Owen stava ascoltando solo a metà, mentre Nathan fece un lavoro migliore, riuscendo a restare al passo. Era dolce vederla così entusiasta, però a lui stava venendo mal di testa. Andò a mettere su il bollitore e lasciò Nathan a parlare con sua madre delle varie possibili date e location.

La cucina era calda, e il profumo del pollo che arrostiva gli diede l'acquolina in bocca. Mentre aspettava che l'acqua bollisse arrivò Megan, entrando dalla porta sul retro, che dava direttamente sulla cucina.

«Oh, ehi,» disse con un sorriso, accorgendosi della sua presenza. «Sei già scappato via dalla mamma?»

«È di là che fa cascare le orecchie a Nathan a forza di discorsi intanto che io preparo il tè. Adesso vieni qui e dai un abbraccio a tuo fratello.»

Megan gli si avvicinò e lui le chiuse le braccia attorno, sollevandola quasi da terra. Non era difficile. Era sempre stata snella, ma adesso era più sottile che mai. Sentì odore di fumo; tabacco, con forse anche un accenno di erba. La rimise giù, accigliato. Non era niente che non avesse fatto anche lui alla stessa età, ma lei era comunque la sua sorellina, e lui era protettivo. Sapeva che non era il caso di sollevare la questione, però. Lei gli avrebbe staccato la testa a morsi e poi si sarebbe rifiutata di rivolgergli la parola. Aveva già commesso quell'errore quando l'aveva presa in giro per il piercing alla lingua.

«Allora, come ti va la vita?» domandò in tono disinvolto. «A scuola tutto okay? Hai un ragazzo, al momento?»

Megan si strinse nelle spalle ed evitò il suo sguardo infilandosi dietro l'orecchio una lunga ciocca dei capelli tinti di nero. Poi giocherellò con i molti anelli d'argento che aveva alle orecchie, intanto che rispondeva: «La vita è una noia. La scuola è una noia. E la mia vita amorosa non sono affari tuoi.»

«D'accordo, va bene.» Owen alzò le mani in una presa scherzosa. «Una tazza ti va?»

«Sì, caffè, per favore.»

Rimase lì a ciondolare guardandolo che preparava il tè per sé e la loro madre, e il caffè per lei e Nathan. Poi lo aiutò a portare tutto in soggiorno.

«Ciao, Megan.» Nathan si alzò in piedi per salutarla con un abbraccio. Lei ricambiò.

«Ciao. Benvenuto in famiglia, immagino. Beh, quasi. Non è troppo tardi per scappare, sai. Nessuno ti biasimerebbe se non riuscissi a sopportare quello stronzetto irritante di mio fratello.» Si mise a sogghignare quando lui fece un verso indignato e Nathan ridacchiò.

«Megan!» disse sua madre con un'occhiataccia di ammonimento. «Linguaggio.»

Megan alzò gli occhi al cielo in quel modo perfezionato da generazioni e generazioni di teenager. Però chiuse il becco, si accomodò sul divano, e tirò immediatamente fuori il cellulare.

Jan sospirò. «Non lo molla mai, quel dannato aggeggio.»

«Linguaggio, mamma. Sei una tale ipocrita!» disse Megan, dimostrando che stava ascoltando anche mentre le sue dita volavano sulla tastiera, a scrivere sms o tweet o qualsiasi cosa fosse quello che stava facendo.

QUANDO IL PRANZO FU PRONTO, l'intero clan si era riunito. C'erano le altre tre sorelle di Owen, vale a dire Ceri, Beth e Rhiannon, assieme a David, il marito di Ceri, e i loro due bambini: Jess che aveva quattro anni e Gareth, il piccolino. In dieci ci stavano stretti attorno al tavolo da pranzo, anche allungandolo del tutto. Però ci riuscirono, mettendo Gareth nel seggiolone pieghevole e Jess strizzata fra i genitori.

Dopo mangiato, aiutarono tutti quanti a sparecchiare. Megan cercò di sgattaiolare via prima di aver fatto la sua parte, secondo l'opinione di sua madre, il che diede come risultato una gara di urli fra le due.

«Ho aiutato a mettere la roba nella lavastoviglie,» sbottò Megan. «Cazzo, non c'è spazio per nessun altro in cucina, con tutti quanti che aiutano ad asciugare. Sembra già uno zoo così.»

«Smettila di imprecare quando ci sono i bambini in casa!» urlò Jan di rimando. «Ti spedirei in camera tua, ma è esattamente quello che vuoi, giusto? Quindi vai in sala da pranzo e dai una pulita al tavolo. Dopo potrai fare l'asociale quanto vorrai.»

Megan afferrò uno strofinaccio e si precipitò fuori.

Owen si voltò per fare un sogghigno a Nathan, che era lì con lui al lavello; lui lavava, e Nathan asciugava. «Mi dispiace per la mia famiglia. È talmente rumorosa, in confronto alla tua.»

Nathan si mise a ridere. «È tutto okay, mi ci sto abituando.»

Owen sapeva che, sulle prime, Nathan aveva trovato la sua famiglia soverchiante. Tendevano tutti a tenere un volume di voce alto, a parte Rhiannon, l'unica tranquilla del gruppo, e le emozioni spesso arrivavano agli estremi. Non erano persone che rimuginavano in silenzio, o che facevano discussioni razionali. *Urla prima e scusati poi* tendeva a essere la norma.

«Sì, mi dispiace, tesoro.» Jan tolse di mano a Nathan una teglia da forno e la mise via. «Ma quella ragazza... Giuro che mi ha fatto venire il doppio dei capelli bianchi che avevo prima che arrivasse all'adolescenza. Certe volte proprio non so cosa fare con lei. È sempre fuori fino a tardi, non chiama... Metà del tempo non so nemmeno dove sia.»

«Se la caverà benone, mamma,» cercò di rassicurarla Beth. «Non eravamo tutte come lei alla sua età? Beh... a parte Rhiannon. Lei è sempre stata quella che si comportava bene.»

«Suppongo di sì,» sospirò Jan. «Però non saprei. Di solito sapevo cosa stavate combinando, anche se voi pensavate di no. Ma Megan è un mistero certe volte. E il temperamento che ha... Signore Iddio. Certe volte sbatte la porta di camera sua così forte da far tremare tutta la casa.»

Come se quello fosse il segnale per l'entrata in scena, Megan tornò in cucina. Li ignorò tutti quanti, buttò lo strofinaccio nel lavello e lasciò la stanza. Il rumore dei suoi passi che tuonavano su per le scale precedette lo schianto della porta.

. . .

MEGAN NON RICOMPARVE quando il resto della famiglia si radunò in soggiorno con tè, caffè, e una scatola di cioccolatini portati da Ceri.

Owen si scusò per andare in bagno e si recò in quello del piano di sopra. Una volta finito, sul pianerottolo esitò. Guardò la porta chiusa di Megan. C'era attaccato sopra con lo scotch un cartello con scritto "Rifiuti tossici", e più sotto un altro che diceva "Girate al largo". Sotto quelle parole c'era un'aggiunta scribacchiata a pennarello, che diceva "Sì, mamma, vale anche per te!!!"

Dall'interno arrivava della musica rock arrabbiata, quindi bussò forte. Quando dopo un paio di tentativi non ci fu risposta, aprì comunque.

Megan era seduta sul letto. Aveva dei libri di scuola aperti attorno, ma teneva il cellulare in mano, e più che studiare sembrava che stesse messaggiando di nuovo. Alzò la testa di scatto quando lui entrò chiudendosi la porta alle spalle.

«Ho bussato,» gridò lui al di sopra della musica.

«Scusa, non ti ho sentito.» Sua sorella prese il telecomando e abbassò il volume.

Owen si sedette sul bordo del letto, vicino al ginocchio di lei. Megan mise giù il telefono, ma evitò il suo sguardo. Prese una penna e si mise a giocherellarci, facendo scattare la punta dentro e fuori.

«Che cosa vuoi?» gli chiese alla fine.

«Sono venuto a controllare come stavi. Sei un po' sul versante *angoscia teenager* oggi, più del solito. Sicura di star bene?»

Click, click, click, fece la penna.

«Sì, sto bene, sul serio. È solo mamma... lo sai com'è

fatta. Mi ricordo che le urlavi contro anche tu.»

«Si preoccupa per te.»

«Si agita per niente.»

«È il suo lavoro.»

Click, click, click.

«Owen.» Si interruppe, poi affrontò il suo sguardo, arrossendo un pochino. «Quando tu e Nathan vi siete messi insieme all'inizio... come facevi a sapere che eri... hai presente, innamorato di lui?»

Owen trattenne un sorriso, sapendo che lei lo avrebbe considerato paternalistico.

«Non lo so. Lui mi piaceva. Mi piaceva un sacco.» Si strinse nelle spalle. «Non riuscivo a smettere di pensare a lui e volevo stare con lui tutto il tempo. È più o meno tutto qui. All'inizio non l'ho riconosciuto per quello che era, perché non lo avevo mai provato prima, ma poi mi sono reso conto che era semplicemente amore.»

«Ma che sensazioni ti dava?»

Owen pensò a Nathan, a come si sentiva quando erano assieme. «È un miscuglio di un sacco di cose. Felicità, eccitazione, un senso di calore qui,» si premette una mano sul petto, «che ti fa venire voglia di sorridere in continuazione.»

Il rossore di Megan aumentò. «Oh.»

Owen fece un mezzo sogghigno. «C'è qualcosa che vorresti dirmi, Meg?»

Lei ricominciò a far scattare la penna. «Forse.»

«Lui come si chiama?»

«Lei si chiama Ali.» Megan lo guardò malissimo. «Fra tutti quanti non mi aspettavo che proprio tu partissi dal presupposto che doveva essere un ragazzo!»

«Scusa, scusa.» Owen le mise una mano sul ginocchio. «Sì, mi hai preso in castagna. Proprio non me lo aspettavo.» Gesticolò indicando la parete accanto al letto, ricoperta di poster di gruppi rock dall'aria emo. «Quei tizi lì mi hanno mandato fuori pista.»

«Tu avevi Britney e Kylie Minogue attaccate al muro quando abitavi qui a casa. E comunque. Mi piacciono anche i ragazzi, o almeno mi piacevano. Penso di essere bi... forse. Non lo so. Forse no. Non mi sono mai sentita così per nessuno di loro.»

«Deduco che la mamma non lo sappia, vero?»

«No. Cioè, ha incontrato Ali quando è venuta qui, però pensa che siamo solo amiche.»

«Beh, quando sarai pronta a dirglielo, non avrà problemi con la cosa. Ha fatto pratica, dopotutto.»

«Sì. Però Ali non vuole che nessuno lo sappia. A suo padre non piacerebbe, ne è praticamente sicura.»

Owen allungò la mano e le strinse un ginocchio. «Tenere un segreto è dura. Mi dispiace. Però penso che potresti fidarti della mamma se ce ne fosse bisogno. Potrebbe andarci più piano con te se sapesse perché stai facendo le cose di nascosto. Probabilmente pensa che smerci droga o roba del genere.»

Megan si mise a ridere, ed era bello vederla illuminarsi in viso, l'ansia scacciata via dal divertimento. «Se stessi smerciando droga non avrei bisogno di fare i turni da Tesco, ti pare?»

«Direi di no. Okay, meglio che torni giù. Ho lasciato il povero Nathan di sotto alla mercé di tutte quante. Dovrei andare a salvarlo. Tu dovresti tornare giù fra un po' e dire che ti dispiace di esserti messa a urlare contro nostra madre.» Si alzò in piedi e si girò per andar via.

«Owen.» La voce di Megan lo fece voltare. Lei gli sorrise. «Congratulazioni, a proposito. Nathan è fico. Secondo me è fantastico che tu ti sposi, anche se non avrei mai pensato che lo avresti fatto.»

Gli venne un attacco di farfalle nello stomaco, però si incollò in faccia un sorriso. «Già. Neanch'io.»

«Però lo ami.»

Non era una domanda, ma Owen annuì comunque, e non ci fu più bisogno che si costringesse a sorridere. «Sì. Lo amo sul serio.»

SEI

Arrivati alla fine di gennaio avevano fissato la data per giugno ed erano riusciti a prenotarsi per le cose più importanti, tipo l'ufficio del registro e il posto per il ricevimento, ma sembrava ci fossero ancora milioni di cose da sistemare. Solo che Nathan era sempre più frustrato, perché Owen riusciva a trovare qualcosa su cui cavillare ogni volta che si mettevano seduti a parlarne.

Owen era stato distaccato e irritabile, in quell'ultimo paio di mesi. Quando lui gli faceva domande al riguardo sosteneva di essere stressato per il lavoro. Nathan sapeva che c'erano delle concrete possibilità di un taglio del personale nella compagnia in cui Owen lavorava, perciò gli concedeva un po' di respiro, però al momento era difficile viverci assieme.

Bisticciavano più del solito, stupidi litigi su cose tipo lavare i piatti oppure a chi toccasse cucinare. E ogni volta che si mettevano a discutere dei progetti del matrimonio sembrava che Owen trovasse dei difetti in tutto quanto.

Quel giorno stavano battibeccando di nuovo per i vestiti delle damigelle.

«Questi viola del link che ci ha mandato tua madre a me sembra che vadano bene,» disse Nathan, cambiando angolazione al portatile in modo che Owen potesse vederli. «A me va bene qualsiasi cosa lei suggerisca, finché sono contente le tue sorelle. Sono loro che li devono indossare.»

«Sono talmente costosi, però.» Owen si acciglió. «Mi sembra uno spreco visto che probabilmente riusciranno a usarli solo una volta. Te la vedi Megan che si mette quel vestito lì per uscire con gli amici?»

«Potrebbe riuscire a usarlo per un ballo a scuola o qualcosa del genere. Ma che cos'altro possiamo fare? Chiederle di seguirci lungo la navata con i jeans skinny neri e una maglietta di una band?» Cercò di mantenere un tono ragionevole, perché non voleva innescare un altro litigio. «Ce lo possiamo permettere, comunque. È tranquillamente nel budget. Questo lo sai.»

«Sì, però non mi piace l'idea di spendere tutti quei soldi per una sola giornata.» Owen aggrottò la fronte. Non era la prima volta che diceva una cosa del genere. «Mi sembra sbagliato.»

Nathan sospirò. «Beh, potremmo chiedere a tua madre di cercare di nuovo, magari in una fascia di prezzo più bassa?»

«Dio, no. Non voglio dover fare questa discussione anche con lei. Diciamo di sì e basta. Non ce la faccio a guardare degli altri dannati vestiti.» Owen spinse indietro la sedia, allontanandosi dal tavolo della cucina. «Abbiamo finito qui? Ho bisogno di farmi una doccia, e poi me ne vado a dormire. Oggi ho guidato fino a Exeter e ritorno in mezzo a un traffico schifoso sotto la pioggia battente, e sono stanco morto.»

«Sì, abbiamo finito.» Nathan chiuse il portatile un po' più forte di quanto non volesse, incapace di nascondere il tono irritato.

Owen stava già andando via.

NATHAN RIMASE ALZATO FINO A TARDI A GUARDARE la TV, lasciando evaporare il malumore. Quando alla fine andò a letto, la stanza era immersa nell'oscurità. Si infilò sotto le coperte alla svelta e rimase lì sdraiato su un fianco. Era esausto, però non aveva sonno. La sua metà del materasso era fredda, ma non voleva svegliare Owen raggomitolandosi contro di lui.

Owen si rigirò e gli mise un braccio attorno.

«Ehi.» Gli accarezzò la pancia attraverso la maglietta, poi spostò la mano per insinuarla sotto di essa, toccandogli la pelle, invece del tessuto.

«Pensavo stessi dormendo.» Nathan si spostò all'indietro, fino ad avere la schiena premuta contro il torace di Owen.

«Stavo dormendo. Adesso no.» Sembrava comunque mezzo addormentato, perché aveva la voce roca e un po' impastata. «Scusa per prima... sono stato uno stronzo scorbutico.» Gli accarezzò lo stomaco.

«È tutto a posto,» disse Nathan. «Capita anche ai migliori una giornata storta.»

«Ho un sacco di giornate storte al momento, però.»

Owen sospirò. Sembrava più sveglio, adesso.

«Al lavoro è uno stress continuo. Mi sembra di dover

dimostrare tutti i giorni quello che so fare; concludere le vendite, centrare gli obiettivi. A fine febbraio ci saranno le revisioni, e so che non terranno tutti quanti. Quindi con il matrimonio faccio fatica a giustificare i costi, anche se so che ce lo possiamo permettere. È solo che non mi hanno tirato su a stravaganze. Mia madre badava sempre al centesimo, hai presente? Specialmente dopo il divorzio. Aveva cinque figli da sfamare e mio padre le dava solo quello che doveva darle per forza, e non era mai abbastanza. Anche se abbiamo tutti i soldi che ci hanno dato i tuoi per il matrimonio, mi sento comunque strano a spenderli per dei vestiti eleganti e dei fiori; per cose che non ci servono davvero.»

Nathan assorbì in silenzio quelle parole. Sapeva che Owen stava ripagando i prestiti universitari, e che aveva lavorato in un bar per far quadrare i conti, quando ancora studiava. Poteva solo immaginare quanto fosse stata difficile la situazione quando era ragazzo, perché i suoi genitori avevano sempre avuto entrambi dei lavori ben pagati, e quindi per la sua famiglia il denaro non era mai stato una preoccupazione.

«Sì, capisco,» disse. «Possiamo ridurre i costi se questo ti fa sentire un po' più a tuo agio, e tenere le cose un po' più semplici. Di' a tua madre quello che hai detto a me. Sono sicuro che capirà.»

«Sì.»

Nathan sentiva il calore umido del respiro di Owen sul collo. Dalla voce sembrava ancora preoccupato. Si girò e lo prese tra le braccia, tirandoselo più vicino. Gli affondò il naso nella curva del collo e inspirò il profumo del suo uomo, baciando quella pelle calda. Owen gli posò una mano sulla guancia e lo guidò in modo che le loro labbra si incontrassero. Il bacio fu dolce all'inizio, un morbido sfiorarsi di labbra, che gradualmente si approfondì.

Nathan aveva il cuore che martellava. Tenne Owen più stretto, ansimando, travolto dalle emozioni. «Ti amo,» sussurrò tra un bacio e l'altro. «Detesto quando litighiamo.»

«Ti amo anch'io.»

Owen gli mise una gamba sulla coscia e lo tirò più vicino ancora, l'uccello duro contro il suo fianco. Nathan gli fece scorrere una mano lungo la schiena, gli afferrò il culo attraverso i boxer, e strinse. Owen lo baciò di nuovo, con un mugolio pieno di bisogno mentre le sue dita scivolavano nella curva di una natica e si infilavano nella fessura. Owen sollevò la gamba ancora più in alto, aprendosi per lui.

Sì? pensò Nathan, le labbra che si curvavano in un sorriso intanto che si baciavano. Spostò la mano, spingendola dentro l'elastico dei boxer di Owen in modo da poter toccare la pelle nuda. Quando la punta delle sue dita sfiorò la pelle increspata attorno al buco, questi emise un gemito.

«Sì?» Nathan ripeté la parola a voce alta questa volta, mormorandola contro il collo di Owen mentre allo stesso tempo chinava il capo per baciarglielo, succhiando e mordicchiando in un modo tale che forse si sarebbe visto il segno il giorno dopo. Continuò a passare il medio attorno al buco, premendo più forte quando sentì che i muscoli iniziavano a cedere. Era troppo asciutto per essere piacevole, pensò, per cui si leccò il dito e ci provò di nuovo.

«Fanculo. Fammi prendere il lubrificante.» Owen si allontanò da lui, torcendosi e allungandosi fino al comodino. Poi si mise a rovistarci dentro, imprecando.

«Vuoi che accenda la luce?» propose Nathan.

«No. Trovato.» Owen si rigirò di nuovo e posò il lubrificante tra di loro. «Tira fuori gli arnesi.»

«Che romantico.» Nathan ridacchiò.

«Non ho bisogno di romanticismo. Ho bisogno di averti dentro.» Owen si sfilò la maglietta e si contorse per liberarsi dei boxer. Nathan fece lo stesso.

Nudi, si baciarono di nuovo, premuti uno contro l'altro in ogni centimetro dei loro corpi, tutti pelle calda e solletichio di peli e profumo muschiato e virile. Nathan rivoltò Owen sulla schiena, e questi emise un guaito.

«Ahia, sono sdraiato sul lubrificante.»

«Scusa,» rise lui a bassa voce.

Owen se lo tirò via da sotto la spalla e glielo porse. «Penso che sia un segnale da parte dell'universo sul fatto che dovresti usarlo tu.»

«Come lo vuoi fare?» chiese. Owen non stava sotto di frequente, quello era il suo ruolo, di solito, e anche quando succedeva tendeva a stare alla guida. Funzionava bene per entrambi. Lui adorava che Owen fosse così sicuro, che sapesse sempre quello che voleva. Di solito preferiva stare a quattro zampe, in modo da potersi spingere indietro e dare quanto prendeva, oppure certe volte lo cavalcava, usando il suo uccello come un giocattolo in un modo che lo mandava completamente fuori di testa.

«Così.» Owen allargò le gambe, sollevandole a cingergli i fianchi. «Sbrigati.»

Nathan non si sbrigò. Voleva essere sicuro che Owen fosse pronto per lui, quindi fece le cose con calma, aprendolo intanto che gli succhiava il cazzo.

Owen mantenne un flusso costante di imprecazioni intervallate da versi di approvazione, la mano che gli stringeva i capelli tanto da far male. Alla fine sibilò: «Oh mio Dio, ti vuoi decidere a scoparmi? Altrimenti verrò prima ancora che tu me lo metta dentro.»

Nathan scivolò dentro piano, a denti stretti. Era quasi contento di non poterlo vedere bene in quel buio, perché la vista di Owen a gambe larghe, disperato, avrebbe potuto spingerlo oltre il limite. Visto come stavano andando le cose, la mancanza di uno stimolo visivo rese ancora più intensi tutti gli altri sensi. Il calore stretto che quasi gli faceva dolere l'uccello, il respiro affannoso di Owen, gli odori del loro sudore e del liquido preseminale che si mescolavano, tutto quanto combinato lo costrinse a lottare per mantenere il controllo, mentre iniziava lentamente a spingere.

Owen non glielo rese più facile. Era impaziente, gli tirava i fianchi e tentava di farlo muovere più in fretta. «Dai, Nathan, per favore.»

E così lui lo fece stare zitto baciandolo, controllando il ritmo con il peso della propria corporatura più massiccia. Avvertì il momento in cui Owen smise di lottare contro di lui e si abbandonò, lasciandogli prendere il comando. Lo scopò con lunghi colpi lenti, aumentando gradualmente il ritmo quando sentì che Owen c'era vicino.

Quando non riuscì più ad aspettare interruppe il bacio per ansimare: «Toccati, tesoro. Voglio che tu venga.»

Owen insinuò la mano tra loro due, e lui ne avvertì i movimenti, mentre si accarezzava. «Cazzo, Nathan... Cazzo.» Owen venne con un singhiozzo strozzato, lo sperma scivoloso e caldissimo tra i loro corpi che si muovevano assieme, i muscoli interni che si stringevano ritmicamente attorno a lui, strappandogli via gli ultimi brandelli di autocontrollo. Venne con un gemito, schizzando in una serie di pulsazioni da vertigini da far saltare il cervello, prima di crollare sul compagno ansimando forte.

Quando tornò in sé sentì le mani di Owen che si muovevano. Una gli stava accarezzando i capelli, l'altra la schiena. Rimase sdraiato a godersi quell'intimità, ad ascoltare il respiro di Owen che si assestava, il battito cardiaco che rallentava.

«Wow,» sussurrò alla fine, sollevando il capo per cercare di nuovo le labbra del compagno.

«Già.» Riuscì a percepire la curva del sorriso di Owen quando si baciarono. Poi, mentre lui alla fine si tirava fuori per prendere i fazzolettini in modo che potessero darsi una mezza pulita prima di dormire, Owen aggiunse: «Siamo ancora in gamba.»

«Ovvio che sì, cazzo.» Nathan sorrise.

Mentre scivolavano nel sonno, ancora nudi e un po' appiccicosi, in certi punti, Nathan si sentì più felice di quanto non fosse da settimane.

SETTE

A metà febbraio telefonò la madre di Owen. Chiacchierò con lui per un po', aggiornandolo sulle ultime novità e lamentandosi ancora una volta di Megan. Sembrava che fosse un argomento fisso nelle loro conversazioni, ultimamente. Megan stava ancora fuori fino a tardi, e passava il tempo con Ali, e lui lo sapeva, perché sua sorella gli scriveva più spesso rispetto a una volta. Passavano un sacco di tempo a casa di Ali perché suo padre lavorava di sera, quindi riuscivano a stare sole. La madre di Ali era morta due anni prima, e non c'erano fratelli o sorelle a casa. Il fratello maggiore era via, al college.

Lui perlopiù stava zitto, quando sua madre brontolava riguardo a Megan e a quanto poco la vedesse negli ultimi tempi. Faceva dei versi comprensivi e tentava di rassicurarla sul fatto che Megan stava benone, e le ricordava che si era lamentata di tutti quanti loro, quando erano adolescenti.

Alla fine la conversazione si spostò sul vero argomento della chiamata.

«L'altro giorno ho telefonato alla madre di Nathan,» disse Jan. «Ci siamo scambiate delle mail per le questioni del matrimonio e ho pensato che sarebbe stato carino parlarsi, finalmente. Ad ogni modo... mi ha detto che verranno a Bristol a trovarvi fra un paio di settimane, e ha suggerito che venissi anch'io intanto che ci sono loro, così possiamo uscire tutti assieme a pranzo. Tu che ne pensi? Sarebbe simpatico incontrarli prima del gran giorno. Lei sembra una persona adorabile.»

Owen ebbe un tuffo al cuore, un improvviso brivido di nervosismo. Il pensiero delle loro famiglie che si incontravano faceva sembrare l'intera faccenda del matrimonio reale a livelli allarmanti. «Uhm, sì, sarebbe una buona idea, suppongo.» Si rese conto di non aver avuto un tono molto entusiastico, e ci riprovò. «Sì, okay, mamma. Organizzo io con Nathan, e prenotiamo da qualche parte.»

«Hai sentito tuo padre di recente? Ho pensato che magari dovresti chiedere anche a lui.»

«No. A Natale ha mandato una cartolina.» Se non altro, la cartolina era stata indirizzata a tutti e due. Era già qualcosa. «Però a te andrebbe bene, mamma? Lo sai come siete, voi due.»

I suoi genitori avevano di rado contatti, se non per discutere riguardo agli alimenti per Megan, al telefono o per sms. L'ultima volta che erano rimasti nella stessa stanza per un certo tempo probabilmente era stato al matrimonio di Ceri, e quello era successo cinque anni prima. Il pensiero dei suoi genitori che tentavano di portare avanti una conversazione civile a pranzo assieme ai genitori di Nathan gli faceva sudare le mani.

«Dovrò per forza vederlo al tuo matrimonio, sono sicura

di poter gestire un pranzo senza passare alle lesioni aggravate. Bada solo che non debba sedermi accanto a lui.»

«D'accordo, mamma. Gli telefono e vedo se riesce a farcela.»

Chiusa la telefonata, Owen si buttò di nuovo sui cuscini del divano con un gran sospiro. Quel dannato matrimonio. Perché accidenti aveva acconsentito a tutte quelle cose?

Nathan entrò con una birra per mano. Era lì quando Owen aveva preso la chiamata, ma era andato a lavare i piatti della cena mentre lui parlava con sua madre. Era chiaro che avesse sentito quanto bastava per intuire il suo umore, però, perché gli offrì una delle bottiglie con un mezzo sorriso.

«Ho pensato che potesse servirti. Che succede?»

«Grazie. Le nostre madri stanno complottando. A quanto pare, andremo tutti a pranzo assieme quando verranno i tuoi in visita. E mia madre vuole che inviti anche mio padre.»

«Sì?» Nathan si sedette accanto a lui, il ginocchio che toccava il suo. Owen bevve un sorso di birra, quanto mai necessaria. «Hai intenzione di farlo?»

«Immagino di sì. Voglio che tu lo incontri prima del matrimonio... sempre che venga.» Sollevò di nuovo la bottiglia, prendendo alcune grandi sorsate. Poi riprese il telefono. «Tanto vale levarsi il pensiero.»

«Vuoi che ti lasci in pace?» si offrì Nathan.

«No.» Owen gli piazzò una mano sulla coscia. «Rimani... se non ti dà fastidio.»

«Ma sicuro.»

Aspettò che suo padre prendesse la chiamata, con il

cuore che gli martellava sgradevolmente nel petto. Quando pensava che sarebbe finito alla segreteria telefonica, finalmente suo padre rispose.

«Pronto?»

«Ciao, papà. Sono Owen.»

«Oh.»

«È un sacco che non parliamo, eh? Come ti vanno le cose?» Owen sapeva di avere un tono troppo vivace, innaturale; stava cercando di coprire il nervosismo.

«Non troppo male. E tu? Come va il lavoro?»

«Sì, va bene,» mentì. Con il rischio dei tagli che incombeva di lì a un paio di settimane, al lavoro andava tutt'altro che bene, ma non intendeva fare quella conversazione con suo padre. Era più facile fingere che fosse tutto a posto.

Nathan prese la mano che lui gli stava tenendo sulla coscia e intrecciò le dita alle sue.

«Dunque... papà, chiamavo per sapere se sei libero sabato 27. Vengono i genitori di Nathan in visita, e volevano incontrare mia madre e anche te prima del matrimonio... hai presente? Pensavamo di andare fuori a pranzo da qualche parte per avere modo di chiacchierare un po', discutere i piani per il matrimonio eccetera.» Si interruppe, rendendosi conto che stava parlando troppo, e che suo padre non poteva infilarci neanche una sillaba.

«Non sono sicuro.» Aveva un tono dubbioso, ma almeno non era un no chiaro e tondo. «Dovrò controllare il calendario. Te lo posso dire poi con un sms?»

«Okay.»

«Potrei essere al lavoro, ma in quel caso posso scambiare i turni, immagino.»

«Se potessi sarebbe bello, papà.» Strinse la mano di

Nathan, e questi ricambiò la stretta. «Mi piacerebbe davvero che tu conoscessi Nathan, finalmente.»

«Sì.» Suo padre aveva un tono burbero. Si schiarì la gola. «Direi che è proprio ora, vero?»

Owen gettò un'occhiata di sbieco a Nathan e sorrise. «Sì. Penso di sì.»

MAN MANO che si avvicinava la data di quel pranzo in famiglia, Owen fece del proprio meglio per tenersi per sé lo stress e l'ansia.

Sapeva di essere stato una pigna in culo per settimane, a quel punto. Sin dal fidanzamento aveva continuato a sperare che l'idea del matrimonio sarebbe diventata meno spaventosa, e che i suoi dubbi insistenti si sarebbero gradualmente dissipati, per venire sostituiti dall'eccitazione e dal senso di anticipazione che sapeva avrebbe dovuto provare. Non aveva mai dubitato, neanche per un solo attimo, del suo amore per Nathan. Non era quello il problema. Era solo la questione del matrimonio che continuava a mandarlo fuori di testa, e quel raduno di famiglia che avevano pianificato non era d'aiuto. Suo padre gli mandò un messaggio per dirgli che ci sarebbe andato, e l'idea di dover fare da arbitro tra i suoi genitori durante il pranzo, mentre allo stesso tempo doveva cercare di fare buona impressione su quelli di Nathan, gli faceva venire voglia di tagliare la corda.

Cercò di ignorare quei sentimenti, dicendosi che lo stress per il lavoro stava esacerbando tutto quanto, ma il disagio e il senso di negatività continuavano a tracimare, rendendolo scontroso e irritabile con Nathan, non importava quanto tentasse di frenarsi.

UNA SERA, dopo il lavoro, si autoinvitò a casa di Simon e Jack. Nathan doveva vedersi con Kirsty per giocare a squash, e lui non era dell'umore giusto per restare a ciondolare nel loro appartamento da solo.

Simon e Jack lo accolsero con abbracci calorosi, e lui fece del proprio meglio per sorridere e allontanare a forza l'umore nero che in quei giorni sembrava annebbiargli il cervello.

«Stavamo ordinando la pizza. Nessuno dei due aveva voglia di cucinare, stasera,» disse Simon.

«Va benissimo.» Lui non aveva chissà che appetito, al momento. Sul lavoro era stata di nuovo una giornata infernale, ore e ore alla guida, e poi una sgradevolissima riunione in cui tutti quanti avevano cercato di far finta che non ci fosse niente che non andasse. Ma in segreto si erano tutti soppesati a vicenda, domandandosi chi alla fine del mese ce l'avrebbe fatta, e chi sarebbe rimasto senza lavoro.

Lui e Jack discussero di cosa volessero sulla pizza, mentre Simon andava a prendere le birre per tutti. Poi Owen suggerì una partita a Mario Kart intanto che aspettavano. Non era dell'umore per fare conversazione, e quel gioco andava sempre bene, per rompere il ghiaccio.

Simon mise su un pessimo film d'azione mentre cenavano in soggiorno, mangiando la pizza direttamente dai cartoni, proprio come quand'erano studenti, e per metà del tempo ci parlarono sopra, criticando i buchi di trama e gli inseguimenti in macchina che sfidavano la gravità.

Dopo cena, Simon sollevò l'argomento del lavoro, chiedendo se ci fossero novità.

Lui scosse la testa. «No. Lo saprò la settimana prossima. Probabilmente venerdì.» Il giorno prima di quando doveva andare a giocare alla cazzo di famiglia felice. Un tempismo perfetto.

Il tono della sua voce sembrò far passare a Simon la voglia di andare oltre. Doveva essergli risultato palese che lui si aspettava il peggio, pensò. Era uno dei più giovani del team, e temeva che sarebbe stato uno dei primi ad andarsene. Lavorava sodo, e le sue vendite erano rispettabili, ma non stratosferiche. C'erano poche probabilità che lo considerassero indispensabile.

Sfortunatamente, Simon scelse di dirottare la conversazione in una direzione che non fu di aiuto per i suoi livelli di stress.

«Allora, come stanno andando i piani per il matrimonio?» chiese in tono vivace. «Mancano solo... quanto? Quattro mesi a questo punto. È così eccitante.»

«Già.» Owen evitò di guardarlo, concentrandosi invece sullo schermo della TV, mentre un'auto andava a sbattere contro un furgone ed esplodeva in una spettacolare palla di fuoco.

«A questo punto avete già prenotato quasi tutto, giusto?» insistette Simon.

Jack si schiarì la gola. «Scusate, porto via un po' di questa roba.» Iniziò a raccogliere i cartoni della pizza e le bottiglie vuote.

Owen alzò gli occhi e vide Jack scoccare a Simon uno sguardo colmo di significato prima di lasciare la stanza, chiudendosi la porta alle spalle.

Quando Jack non tornò, Simon mise in pausa la TV.

Owen continuò a fissare le fiamme arancioni che fiorivano dai veicoli sullo schermo. «Cosa c'è?» chiese poi, sempre evitando lo sguardo dell'altro.

Simon si alzò dalla poltrona e andò a sedersi accanto a lui sul divano. Owen si girò ad affrontarlo, riluttante.

«Che ti sta succedendo, Owen?» Era un tono gentile. «Non sei te stesso neanche un po'. È per lo stress del lavoro, o si tratta di te e Nathan?»

«Io non lo so.» Aveva la gola stretta. «Lo stress del lavoro non sta aiutando, ma tutta questa roba del matrimonio è...» Sospirò. «Tu eri nervoso, prima? Voglio dire, nervoso nel senso che ti chiedevi se stavi facendo la cosa giusta?»

Simon lo fissò, gli occhi celesti pieni di comprensione. Poi si strinse nelle spalle. «Nervoso, sì. Ma ero nervoso per il timore che qualcosa potesse andare storto, che sarei inciampato o mi sarei impappinato mentre ci scambiavamo i voti. Ero parecchio sicuro di stare facendo la cosa giusta, però.»

Owen mise giù la birra e iniziò a torcersi le mani, guardando quelle invece di Simon mentre ammetteva con una voce piccina: «Certe volte vorrei solo che non avessimo mai avviato questa faccenda del matrimonio. Continuo a non vedere che senso abbia. Stavamo bene come stavamo, e adesso mi sembra che si sia incasinato tutto. Dovrei essere felice ed eccitato, e non lo sono, e mi sento così fottutamente in colpa per questo.»

«Ma vuoi comunque stare con Nathan?»

«Cazzo, sì. Non è quello il punto. Io lo amo. Ho sempre voluto stare con lui a lungo termine. Ma tutto il discorso dello sposarsi mi sta davvero mandando fuori di testa, e non so cosa fare al riguardo.»

Simon gli mise una mano sulla schiena e la mosse facendo dei cerchi, tranquillizzante. «Forse devi solo seguire la corrente. Che cos'altro pensi di fare, annullare le nozze?»

«No,» disse lui, tagliente. «Dio, no. Non è così brutta. Probabilmente sono solo stupido io. Se cercassi di annullare tutto adesso ferirei tremendamente Nathan, e non lo voglio fare.»

«Beh, ecco la tua risposta. Tieni duro. Vai fino in fondo. Il matrimonio è solo un giorno come tutti gli altri, dopotutto. Concentrati su quello che verrà dopo, invece di restare inchiodato su questo.»

«Ma se poi non funzionasse, però?» Owen aveva dato finalmente voce alla paura che stava alla radice di tutto quanto. «E se io non fossi abbastanza in gamba? E se combinassi un casino come mio padre?» Aveva ancora vividi ricordi della devastazione che l'infedeltà di suo padre e il seguente abbandono avevano inferto alla sua famiglia. Le ferite che tutto quello aveva causato a sua madre avevano gettato lunghe ombre sulla sua fanciullezza.

Simon stava ancora muovendo la mano sulla sua schiena, con una pressione più gentile, adesso. «È quello il rischio che corri quando ti sposi con qualcuno. Ma questo significa forse che nessuno dovrebbe mai provarci? Personalmente, penso che valga la pena correre il rischio, per un per sempre felici e contenti.»

Messa così sembrava talmente semplice. Owen gli invidiò tutta quella certezza.

«Suppongo sia così.» La voce gli tremò un pochino, tradendolo.

«Vieni qui, razza di idiota.» Simon si girò a tirarlo in un abbraccio stretto stretto. «Guarda quanta strada hai fatto. All'università eri una cazzo di sgualdrina, e adesso sei monogamo. Tu e Nathan siete fantastici assieme. Sei stato in gamba.»

Owen chiuse forte gli occhi, rifiutandosi di lasciar trapelare le emozioni, mentre ricambiava l'abbraccio. «Lo spero.»

Ma quella paura irrazionale persisteva, e si faceva strada dentro di lui.

OTTO

Nathan era rimasto sulle spine per tutto il giorno, in attesa di una telefonata. Owen non era sicuro di quando esattamente avrebbe visto il suo capo, ma gli aveva detto che avrebbe chiamato appena avrebbe avuto notizie.

Il telefono finalmente squillò poco dopo le due. Lui rispose di corsa quando vide il numero di Owen, ignorando completamente il fatto che in teoria non avrebbe dovuto ricevere chiamate personali sul lavoro. Girò le spalle ai colleghi, visto che l'ufficio era un open space, e tenne la voce bassa.

«Pronto, Owen?» disse, il cuore che martellava. «Che cosa è successo?»

«Non ce l'ho fatta. Mi hanno dato un mese di preavviso, perciò chiudo a fine marzo.»

Nathan ebbe un tuffo al cuore. «Cazzo. Mi dispiace. Ma troverai qualcos'altro.» Ci sarebbe riuscito, ne era sicuro. Owen poteva affascinare chiunque quando decideva di farlo. Era un venditore nato, e aveva lavorato benissimo per la sua compagnia. Era pura sfortuna che la recessione si fosse fatta sentire.

«Sì, probabilmente.» Owen aveva un tono sconfitto, però. «Devo andare. Ho chiamato solo perché sapevo che aspettavi di sentirmi.»

«Okay. Ci vediamo a casa stasera.»

«Okay. Ciao.»

«Ciao. Ti amo.» Ma la linea era già caduta prima ancora che lui finisse di parlare.

QUELLA SERA NATHAN cercò di indurre Owen a parlare della sostituzione lavorativa, ma questi rese ben chiaro che non intendeva farlo.

«Non adesso, d'accordo? Voglio solo sbronzarmi e sparare a della roba sulla Xbox e fare finta che nulla di tutto questo stia succedendo.»

Per quanto riguardava la sbronza fece un buon lavoro. Dopo alcune birre si buttò sul whisky e nel giro di un paio d'ore arrivò allo stadio delle parole impastate. Nathan insistette a mettere in pausa il gioco per un po' di cibo e si accertò che mangiasse anche Owen, anche se questi continuava a ribadire di non avere fame.

Dopo mangiato, Owen si buttò di nuovo sul divano con il controller della Xbox in mano, ma non si disturbò a riavviare la partita.

«È un tale cazzo di schifo,» disse.

«Vero.» Nathan resistette all'impulso di provare a convincerlo a pensare positivo. Non era quello il momento, e Owen non avrebbe comunque ascoltato. Doveva prima sbollire.

«Ma se non riuscissi a trovare un altro lavoro... almeno per un po'? È dura, al momento.»

«Ti daranno la buonuscita però, giusto?»

«Sì. Ma sarà più o meno la paga di un mese. Non durerà a lungo se non riesco a trovare qualcos'altro.» Owen mollò il controller sul tavolino, lasciandolo cadere con un tonfo. «E se non riuscissi a pagare la mia metà dell'affitto? O le bollette?»

«Possiamo farcela con il mio stipendio per un po', se proprio dobbiamo.» Non aveva ancora fatto i conti, ma era abbastanza sicuro che ce l'avrebbero fatta. Avrebbero dovuto stringere un po' i denti, però sembrava fattibile. «E i miei genitori ci aiuteranno, se mai avessimo bisogno di un prestito.»

«No.» Owen aveva un tono tagliente. «Cazzo, no. Io non sono uno che chiede la carità.»

«Non è una questione di carità...» *è una questione di famiglia,* così aveva intenzione di proseguire Nathan. Ma Owen lo interruppe.

«Oh, porca miseria. Li vedremo tutti quanti domani a pranzo. Me ne ero scordato.»

Lui no. Se ne era preoccupato prima, quando Owen stava bevendo così tanto da andare verso l'oblio, però non aveva voluto far notare che forse avrebbe dovuto lasciar perdere il whisky e passare all'acqua, invece. Non pensava che sarebbe andata bene.

«Non lo dire a loro.» Owen si voltò a guardarlo. Aveva le guance arrossate, gli occhi un po' appannati per tutto quell'alcol. «Non dirlo a nessuno, per favore. Non voglio che mia madre si preoccupi, e non voglio che i tuoi genitori pensino che stai per sposare un fallito.»

«Tu non sei un fallito.» Si spostò più vicino a Owen e gli prese le mani, tenendole strette quando questi cercò di tirarle via. «Poteva succedere a chiunque. Non è colpa tua. Potrebbe capitare altrettanto facilmente che io perda il lavoro e tu debba supportarmi per un po'. È la vita, ed è proprio questo il punto di una relazione a lungo termine. Sostenersi a vicenda.»

Sulle prime Owen non replicò. Fece un pesante sospiro e lasciò che lui gli tenesse le mani, ricambiando il suo sguardo.

«Non ti merito,» disse alla fine.

«Ma non fare lo scemo.» Era l'alcol a parlare, pensò Nathan. «Forza, vediamo di portarti a letto. Già così domattina starai di merda. Ti verrà più facile affrontare i nostri genitori se il dopo-sbornia non sarà troppo tremendo.»

Owen annuì. «Va bene.»

Nathan si alzò, tirando Owen per le mani finché non si mise in piedi un po' instabile, e poi lo guidò fino in bagno. «Fai pipì, lavati i denti, e poi bevi un po' d'acqua.»

Quando furono entrambi a letto, al sicuro e con le coperte rimboccate, Nathan spense la luce e si mise sdraiato su un fianco, protendendosi verso Owen. Questi si girò dall'altra parte, spostandosi un po' all'indietro, però. Sul punto di addormentarsi, si mosse istintivamente verso la posizione in cui dormivano di solito, con lui raggomitolato attorno alla sagoma un po' più piccola del compagno, i corpi premuti uno contro l'altro.

«Notte, tesoro.»

«Notte.» Owen sembrava già mezzo addormentato, la voce ammorbidita dall'alcol e dallo sfinimento. «Scusa,» aggiunse.

«Non hai niente di cui scusarti.»

Owen non replicò, ma pian piano si rilassò fra le sue braccia, addormentandosi.

Nathan restò sveglio. Aveva troppi pensieri che gli vorticavano in testa: preoccupazioni per la situazione lavorativa di Owen, delle loro finanze, per il matrimonio, per l'incontro con il padre di Owen il giorno dopo... Quei pensieri si conglomerarono in un cupo groviglio di ansie, e lui non riusciva a separare i vari filoni quanto bastava per guardarli obiettivamente. Ma più che per tutto il resto, era preoccupato per sé e Owen, e per l'abisso che sembrava si stesse allargando tra di loro a ogni giorno che passava.

PER CHISSÀ QUALE MIRACOLO, arrivarono per tempo al ristorante italiano che avevano prenotato, in modo da poter manipolare l'ordine dei posti così da ottenere qualcosa che minimizzasse il rischio di scenate.

Il tavolo che avevano assegnato loro era circolare, per cui decisero di accomodarsi uno di fronte all'altro, per essere sicuri di separare i genitori di Owen.

«Se mettiamo tua madre vicino alla mia, e anche i nostri padri uno vicino all'altro, secondo te funzionerà?» chiese Nathan.

«Sì, dovrebbe. Tenere mia madre lontana da mio padre è decisamente la cosa migliore.»

Nathan lo studiò, osservando il lieve cipiglio e le ombre scure sotto gli occhi. Owen era giù di corda quella mattina. In preda a un palese dopo-sbronza, aveva bevuto un bicchiere di succo d'arancia e preso degli antidolorifici assieme alla colazione, prima di crollare sul divano e appisolarsi di nuovo per un'ora. Aveva dovuto svegliarlo per fargli fare la doccia in tempo perché potessero uscire. Sperava che sarebbe stato all'altezza della situazione. Non erano proprio nelle migliori condizioni per affrontare famiglie e relativo stress.

Jan arrivò per prima, seguita poco dopo dai suoi genitori. Mentre erano occupati con presentazioni e convenevoli, Owen si irrigidì, lo sguardo fisso sulla soglia.

«Scusatemi.» Si alzò in piedi, andando incontro all'uomo che era appena entrato.

Nathan rimase a guardarlo, distraendosi dalla conversazione con sua madre per studiare quello che era palesemente il padre di Owen. Non c'era dubbio che fossero imparentati. La somiglianza era fortissima, anche se quell'uomo era più vecchio, ovviamente, e più grosso sul punto vita, mentre Owen era snello. I capelli erano più che altro grigi, ma si vedeva ancora che un tempo erano stati castani come quelli di Owen.

Owen lo accolse con una stretta di mano che si trasformò in un goffo abbraccio iniziato dal padre, ma che non sembrava proprio pieno di calore. Owen aveva l'aria nervosa, si muoveva come a scatti. Gettò uno sguardo alle proprie spalle indicando verso di lui e facendo un piccolo sorriso. Poi con un gesto lo invitò ad avvicinarsi.

«Scusa, mamma. Scusatemi tutti un attimo,» disse lui, spingendo indietro la sedia per alzarsi.

Si stampò in faccia un sorriso amichevole mentre si avvicinava al padre di Owen, che adesso lo stava guardando, sorridente, per quanto un po' a disagio.

«Salve.» Il padre di Owen gli porse la mano.

«Papà, lui è Nathan. Nathan, mio padre, Rhys.»

«Salve, Nathan.» Rhys gli strinse la mano. Aveva il palmo caldo e umido. «È un piacere incontrarti, finalmente.»

«Lo stesso vale per me.» Nathan allontanò a forza il pensiero che ci aveva messo un bel po' di tempo. «Lascia che ti presenti i miei genitori.»

Quando furono tutti seduti, il cameriere portò loro i menu, per cui ebbero modo di focalizzare la conversazione su qualcosa che aiutò un pochino a rompere il ghiaccio. I genitori di Owen non avevano interagito tra loro, a parte un teso saluto, ed evitavano con cura di incrociare lo sguardo. Owen aveva l'aria di essere a disagio, lì incastrato fra di loro, e Nathan lo capiva benissimo. Sapeva che c'erano anni di dolore e risentimento accumulati nel loro passato. Era una situazione ben diversa dal tranquillo rapporto che avevano i suoi. Ovvio, avevano i loro disaccordi, ma sostanzialmente lui era cresciuto in una famiglia felice con dei genitori che gli avevano dato un buon esempio di come il matrimonio avrebbe dovuto essere. All'improvviso, comprese un po' meglio perché Owen fosse stato così contrario all'idea di sposarsi, prima di quell'improvviso ribaltone in autunno.

Quando arrivarono gli antipasti la conversazione passò all'argomento del matrimonio. Jan e sua madre, Jackie, erano immerse in una discussione sui vestiti delle damigelle. Jan aveva tirato fuori il cellulare e le stava mostrando delle foto, e Jackie le ammirava tubando.

«Questa è la mia figlia più piccola, Megan. Sta benissimo in viola scuro, secondo me. Per il gran giorno però cercherò di convincerla a lasciar perdere lo smalto nero sulle unghie e quella sua aria imbronciata.»

«Mi fai vedere, mamma?» chiese Owen. Quando vide la foto sorrise, poi la passò a Nathan.

Megan si era messa in posa per lo scatto, una mano sul fianco, l'altra sulle clavicole, in faccia un'espressione di noia suprema. E comunque era stupenda anche così. Il viola profondo del vestito le metteva in risalto la carnagione pallida, e anche i capelli tinti di nero facevano colpo.

«Adesso devo solo trovare delle scarpe che sia disposta a mettersi.» Jan alzò gli occhi al cielo. «L'ultimo fine settimana siamo state in tutti i negozi di Cardiff, ma niente da fare. Detesta qualsiasi cosa, a parte le scarpe da ginnastica e quelle orribili cose nere e goffe che le arrivano fino a metà gamba.»

Rhys fece uno sbuffo sarcastico. «Non riuscirai mai a mettere addosso a Megan qualcosa che non si vuole mettere. È testarda. Non so da chi abbia preso.»

Jan gli rifilò un'occhiataccia, poi si voltò ostentatamente a parlare di nuovo con Jackie.

«Papà,» disse Owen, ammonendolo con uno sguardo.

Nel corso della portata principale Rhys chiese a Owen del lavoro, e Nathan ebbe un mezzo sussulto interiore.

«Sei sempre con la stessa compagnia, allora?» stava dicendo Rhys. «Come ti sta andando?»

Owen annuì, tenendo l'attenzione fissa sulle lasagne. «Sì, sempre lo stesso, tutto uguale.»

«È una bella cosa, però. Sei proprio caduto in piedi, con quella bella macchina aziendale e quant'altro.»

Cazzo. Nathan non ci aveva nemmeno pensato a quello. Non che per loro avere un'auto fosse essenziale, dato che abitavano in città, ma di sicuro certe volte rendeva la vita più facile, e Owen avrebbe perso la macchina oltre al lavoro, a fine marzo.

Owen si limitò a fare un grugnito con la bocca piena.

Nathan stava per provare a deviare la conversazione in una direzione diversa, ma fu troppo lento.

«Ridimmi di nuovo che cos'è che fai, Owen?» chiese Jackie. «Lo so che sei un rappresentante, ma esattamente che cosa vendi?»

E così, per i dieci minuti seguenti o giù di lì, Owen si ritrovò a dover descrivere il proprio lavoro a entrambi i genitori di Nathan, nei dettagli, dai medicinali che vendeva al territorio che copriva, e lui non vedeva proprio nessun modo di salvarlo senza essere scortese e interromperlo. Si fece coinvolgere anche Jan, che intervenne con un sorriso che risplendeva d'orgoglio, raccontando ai suoi della promozione che Owen aveva avuto al secondo anno di lavoro con la compagnia.

Nel frattempo, lui stava cercando di portare avanti una conversazione con Rhys, però era difficile perché continuava ad ascoltare Owen e cercar di capire se stesse bene. Fortunatamente, Rhys era loquace quanto bastava per entrambi, *tale padre tale figlio*, pensò, e ben presto si ritrovò a ridere per certe birbonate infantili di Owen.

Misericordiosamente, il cameriere li distrasse quando arrivò a portare via i piatti e offrire il menu dei dolci. Nathan colse una ventata di sollievo nella postura di Owen, e quando ne incrociò lo sguardo gli fece un sorriso comprensivo.

«Come vanno le cose con Meg, mamma?» chiese Owen dopo un po'.

Stavano bevendo il caffè, e attorno al tavolo erano tutti abbastanza rilassati.

«Un po' meglio. Sta di più a casa, e studia un sacco per la simulazione degli esami. C'è quella sua amica, Ali, che passa molto tempo con lei. All'inizio ero un po' preoccupata perché quella ragazza è un anno più avanti di lei a scuola. Pensavo che potesse portarla sulla cattiva strada... bere e fumare e cose del genere, ma passano quasi tutto il tempo in camera di Megan a ripassare o fare i compiti.»

Lui incrociò per un attimo lo sguardo di Owen e represse un sorriso. Sapevano entrambi che in quella camera non si studiava soltanto. Un paio di giorni prima, Megan aveva spedito al fratello una foto di lei e Ali che Owen gli aveva mostrato, un selfie di loro due con le teste vicine, una tinta di nero, una bionda ossigenata, che sorridevano in camera. Lui non le aveva mai visto fare un sorriso così ampio.

«Beh, sono contento,» disse Owen. «Mi fa piacere che con lei adesso le cose siano un po' più facili.»

«E i suoi voti sono proprio migliorati,» aggiunse Jan. «Quindi quella Ali deve essere una buona influenza, dopotutto.»

Una volta sistemato il conto, che divisero lui e Owen, rifiutando di lasciar contribuire i genitori, cominciarono a salutarsi. Andò via per prima Jan, poi i genitori di Nathan, con cui si sarebbero visti di nuovo la mattina dopo, intanto che erano in città. Rhys fu l'ultimo ad andarsene, indugiando finché gli altri non furono partiti prima di stringere la mano a Nathan e dare a Owen un altro goffo abbraccio.

«Grazie, ragazzi. È stato bello vederti, Owen, ed è stato un piacere incontrarti finalmente, Nathan. Mi dispiace di averci messo un po' di tempo.» Sostenne lo sguardo del figlio, continuando a stringergli la mano come se avesse dimenticato di lasciarla andare. «Di nuovo congratulazioni a tutti e due. Lo so che non sono sempre stato un buon padre per te, e che non ho sempre accettato il fatto che sei, hai presente... gay.» Quella parola pareva che gli si fosse attaccata in gola. Arrossì. «Ma sono orgoglioso di quello che hai fatto della tua vita. Hai trovato un buon lavoro, Nathan sembra un brav'uomo, e io sono contento che tu sia felice.» Aveva un tono burbero. Si schiarì la voce, dando a Owen un'ultima stretta prima di lasciargli andare la mano. «Ci rivediamo al matrimonio, immagino.»

«Sì. Grazie di essere venuto oggi, papà.» Owen aveva un tono un po' strozzato. «Ciao.»

Nathan lo prese per mano mentre Rhys si girava per andare via, facendo loro un piccolo gesto di saluto intanto che usciva dalla porta.

«Wow,» disse Owen con voce tremula. «Non me lo aspettavo.» Poi gli scappò uno sbuffo ironico. «Peccato per il lavoro però, eh? Potrebbe non essere così fiero di me se sapesse che il mese prossimo prenderò il sussidio di disoccupazione.»

«Ehi.» Nathan lo tirò per mano. «Non rovinare il momento. Si sistemerà tutto. Andrà tutto quanto bene.» Ma stava parlando solo in parte del lavoro di Owen, e non era sicuro di chi stesse tentando di convincere, se Owen o se stesso.

NOVE

Owen tornò a casa e sentì il profumo di qualcosa di delizioso in cottura e la voce di Nathan che cantava su una base di musica pop, in cucina. Gli venne da sorridere a dispetto dell'umore schifoso che pareva fosse il suo stato permanente. Ormai alla penultima settimana di lavoro, e senza niente di nuovo in vista, faticava più che mai a rimanere positivo.

Scalciò via le scarpe, si slacciò il colletto della camicia e allentò la cravatta, prima di andare verso la cucina.

«Ehi, dolcezza, sono a casa.»

«Ehi.» Nathan si voltò per salutarlo; era ai fornelli che mescolava qualcosa in un tegame.

Owen gli andò alle spalle e gli mise le mani sui fianchi. Gli diede un bacio sulla guancia, poi sbirciò oltre la spalla del compagno. «Che odorino fantastico. È ragù?»

«Sì. Ne ho preparato un sacco, così un po' possiamo congelarlo. Com'è stata la giornata?»

«Non delle migliori.» Non gli avevano mai dato veramente fastidio le lunghe ore di viaggio verso casa, prima di allora. Ma adesso gli lasciavano troppo tempo per preoccuparsi. Non c'era nulla che lo distraesse. I suoi pensieri vagavano, allontanandosi dalla radio o dagli audiolibri che tentava di ascoltare. «Sono solo contento che sia finita.»

«Perché non vai a cambiarti? Questo deve sobbollire ancora un po', e noi intanto possiamo rilassarci. Ti va una birra?»

«Cazzo, sì.»

Nathan ridacchiò. «Forza, allora. Le porto in soggiorno fra un minuto.»

Owen andò a cambiarsi, mettendo i pantaloni del pigiama e una maglietta vecchissima, e poi ci infilò sopra la sua felpa preferita. Dio, era bello togliersi il completo. Forse ci sarebbe stato qualche vantaggio nella disoccupazione, pensò cupamente. Molto presto avrebbe potuto tenere addosso quella roba tutto il giorno.

Affondò grato nei morbidi cuscini del divano accanto a Nathan e prese la birra che il compagno gli stava offrendo.

«Grazie.» Mandò giù una lunga sorsata, poi si appoggiò allo schienale, gli occhi chiusi. Gli facevano male le spalle per il troppo tempo al volante tutto curvo per via di quella tensione che sembrava non riuscire a scrollarsi di dosso. Si sporse un po' di lato verso Nathan, desideroso del calore e del conforto di un abbraccio. Ma Nathan si allungò in avanti per prendere l'iPad dal tavolino e lo avviò, aprendo il browser.

«Dobbiamo prendere una decisione per gli anelli nuziali. Se vogliamo farci incidere qualcosa li dovremo ordinare abbastanza presto. Potremmo guardare di nuovo la lista abbreviata?»

Owen ebbe un tuffo al cuore. L'ultima cosa che voleva

fare in quel momento era guardare dei cazzo di anelli che costavano una fortuna e che simboleggiavano il fatto che Nathan si sarebbe legato a lui per la vita. Si sentiva una palla al piede. Nessuno con la testa a posto avrebbe voluto impegnarsi a vita con lui, ma era troppo stanco per mettersi a discutere, e che cosa poteva dire, comunque? I piani per il matrimonio erano come una valanga in discesa giù per la montagna, e trasportavano via con sé tutto quanto, incluso lui.

«Sicuro,» disse, tentando di non suonare indifferente come si sentiva.

Mentre si allungava per guardare Nathan lo cinse con un braccio, e quel semplice gesto di affetto e vicinanza gli fece pungere gli occhi. Sbatté le palpebre, sentendosi ridicolo. La combinazione di senso di colpa, stress e bisogno che Nathan lo tenesse semplicemente stretto era travolgente. Ma Nathan era concentrato sugli anelli, stava già facendo scorrere le varie opzioni, in attesa che lui mostrasse un qualche interesse.

«Quali sono i tuoi preferiti?» gli chiese.

Owen fece spallucce. «Sono tutti carini. Non saprei. Quelli in oro rosa, magari? Però mi piacciono tutti. Mi va benissimo che la decisione la prenda tu.» Era vero, andavano tutti bene, e a lui non importava granché, per un verso o per l'altro. «Però non vedo a cosa possono servirci gli anelli in generale. Non ho bisogno di un pezzo di metallo al dito per dimostrare che ti amo. Sono un simbolo di possesso obsoleto, e tu sai già di essere mio.» Aveva avuto intenzione di dirla come una battuta, ma gli era uscito un tono piatto.

Nathan non replicò immediatamente. Lasciò ricadere il braccio che gli teneva attorno e si voltò a guardarlo, le labbra strette, la fronte un po' aggrottata. Poi disse: «Beh, forse io non ho sempre la sensazione che tu sia mio.»

Quelle parole lo trafissero, andando a colpire proprio quell'orribile palla di senso di colpa e ansia perennemente presente nelle sue viscere.

«Ovvio che lo sono, dannazione.» La voce gli venne fuori più tagliente di quanto non volesse. «Stiamo per sposarci, no?»

Nathan lo fissò, gli occhi azzurri fieri e luminosi. «Io voglio degli anelli. Non abbiamo avuto quelli di fidanzamento, quelli nuziali li voglio.»

«Okay, va bene. E anelli siano, allora.» Cercò di ammorbidire il tono, di renderlo più conciliante. Non era dell'umore per un litigio. «Adesso dammi qui, così li posso guardare per bene.»

Finirono col concordare per quelli che Owen aveva suggerito all'inizio, e per un'incisione semplice: i loro nomi e l'anno. Nathan sembrò più felice dopo che ebbero preso la decisione, e Owen era contento che non avessero dovuto discutere di nuovo per quella faccenda.

Dopo cena guardarono la TV, finalmente raggomitolati assieme sul divano come lui aveva desiderato fin dall'inizio. Il solido calore del corpo di Nathan lo teneva radicato a terra. Stare fra le braccia del compagno lo faceva sentire al sicuro e deciso, e scacciava via alcuni dei suoi dubbi, almeno per un po'.

Mentre si alzavano per andare a letto Owen ruotò le spalle, e quando i muscoli si lamentarono per quel movimento gli scappò una smorfia.

«Sei indolenzito?» chiese Nathan.

«Sì. Quattro ore alla guida tendono a fare quell'effetto.»

«Vuoi un massaggio prima di dormire?»

Sorrise. I massaggi di Nathan di solito avevano un lieto fine parecchio appiccicoso. «Sì, grazie.»

Quando Nathan si mise a cavalcioni dei suoi fianchi e gli impastò via la tensione dal collo e le spalle con le sue forti mani, lui scivolò un po' alla volta in un beato stato di rilassamento ed eccitazione. Gli venne duro contro il materasso, e riuscì a sentire l'erezione del compagno contro il culo, quando questi si allungò a dargli un bacio sul collo.

«Non penso che usare la lingua sia una tecnica di massaggio molto efficace,» commentò lui.

«Dipende da cosa sto massaggiando.»

«Che dici di massaggiarmi il cazzo?»

Nathan si mise a ridere. «Credo che sia la peggior battuta sexy che io abbia mai sentito. Però girati lo stesso.»

Dopo che Nathan gli ebbe massaggiato il cazzo con molta cura, con la lingua, le labbra, e un po' di aiuto da parte della mano, Owen ricambiò il favore.

Soddisfatti e sazi si raggomitolarono vicini, e per una volta Owen non rimase sveglio con il cervello bloccato su un tapis roulant di pensieri ansiosi.

QUALCHE SERA DOPO, Nathan ricevette una chiamata da suo fratello. Owen stava giocando con il cellulare e non badò alla conversazione finché non sentì fare il proprio nome.

«Io decisamente sono disponibile, ma non sono sicuro per Owen, glielo chiederò. Ti posso richiamare più tardi?» Ci fu una breve pausa. «Okay, allora ci sentiamo dopo.»

Nathan mise giù il telefono.

«Ben chiede se ci va di fare un week-end in Scozia per Pasqua. Parlava di fare un po' di trekking in collina e fermarci in un B&B nelle Highlands per qualche notte. Che te ne pare?»

«Mi sembra un po' freddino.» Era stata una primavera fresca, fino a quel momento. Non faceva nessuna fatica a immaginarsi quanto freddo avrebbe fatto sulle montagne della Scozia, a metà aprile. Da quando stava con Nathan, passava molto più tempo all'aria aperta rispetto a una volta; il compagno adorava le passeggiate e trascorrevano spesso i fine settimana a fare campeggio in Galles, però succedeva in estate.

«Sì, potrebbe. Però sarebbe fantastico. Ho proprio voglia di andarci, mi posso prendere qualche giorno di vacanza e possiamo stare via una settimana, magari?»

«Come ci arriviamo?» Per Pasqua lui sarebbe stato senza lavoro, e non avrebbero più avuto una macchina.

«In treno, oppure possiamo prendere un volo. Ben ci verrebbe incontro, e per arrivare alle Highlands possiamo stare tutti nella sua auto.»

Owen ci rifletté su. Anche se l'idea di un cambio di scenario lo attirava, non era esattamente ansioso di spendere degli altri soldi extra, al momento. Il costo di trasporto e alloggio sarebbe stato un bel po'. Sapeva che se avesse nominato le preoccupazioni monetarie come ragione per non andare Nathan avrebbe insistito per pagare, ma non voleva succedesse.

«Sì, mi sa che per questa volta passo,» disse. «Sarò a caccia di lavoro, e se va tutto bene per allora avrò da fare dei colloqui. Non posso rischiare di non essere disponibile neanche solo per qualche giorno, al momento.»

Nathan aveva la delusione scritta in faccia, però annuì. «Sì, ha senso. Magari possiamo lasciar perdere, e andarci in maggio per un week-end? Incrociando le dita, per allora dovresti essere a posto.»

«No, tu dovresti andarci adesso. Ti farebbe bene passare un po' di tempo con Ben, e non è che io non lo abbia mai incontrato.» Ben e sua moglie, Charlotte, erano andati a trovarli l'anno precedente. Era un brav'uomo, e lui ci andava perfettamente d'accordo.

«Ne sei proprio sicuro?»

«Ma certo.» Dentro di sé pensava che a Nathan avrebbe probabilmente fatto bene avere una tregua da lui. Vivere con lui non era stato esattamente facile e divertente negli ultimi tempi. «Sarebbe fantastico. Dormirò nel centro del letto e avrò il possesso totale del telecomando. Potrò mettere il volume sui livelli dispari per tutta la settimana, e tu non sarai in grado di impedirmelo.»

Nathan si mise a ridere. «Conoscendoti mi manderai le foto per torturarmi.»

«Ooh. Che bella idea.»

Nathan lo colpì in testa con un cuscino. «D'accordo allora, se sei sicuro che a te vada bene, richiamo Ben e organizzo.»

«Assolutamente sicuro. Vai.»

ALLE NOVE IN PUNTO, la sera prima del suo ultimo giorno di lavoro, gli arrivò una telefonata da una Megan isterica. Era chiaro che stava piangendo, e parlava così in fretta che quasi non riusciva a capire cosa stesse dicendo.

«Ehi, ehi, calmati, Meg. Respira.» Fece un gesto a

Nathan, che spense la TV, con la fronte aggrottata per la preoccupazione, nel vedere che lui si stava agitando. «Che succede?»

«Cazzo, Owen. Mamma lo sa. Sa di me e Ali. È entrata senza bussare. Ci stavamo solo baciando, però lei si è messa a dare i numeri, e Ali è andata via prima che potessi parlarci, e adesso non so cosa fare!»

Merda. Owen tirò un respiro profondo. «Okay, Meg. Questa non è la fine del mondo. Ci sono già passato con la mamma. La prenderà bene. Probabilmente è stato solo uno shock perché non se lo aspettava.»

«Però adesso Ali se la sta facendo sotto per la paura che la mamma dica di lei a suo padre, e suo padre è uno stronzo bastardo di un bigotto. Già così certe volte la picchia. Se scopre che è lesbica darà di matto.»

«Dove sei tu adesso, e dov'è la mamma?» chiese.

«Io sono in camera mia e lei è di sotto. Ho cercato di andare giù a parlarle, ma è proprio arrabbiata e non mi vuole ascoltare.»

«Guarda. Io adesso riattacco e chiamo la mamma. Andrà tutto bene, Meg, davvero. Lo sai com'è fatta. Ha un bel caratterino, però ti vuole bene. Mi accerterò che sappia della situazione con Ali e suo padre. Ti richiamo più tardi, d'accordo? Per adesso, ciao.»

Chiuse la telefonata, e stava già cercando il numero di sua madre dalla lista dei preferiti quando Nathan gli mise una mano sul ginocchio.

«Megan sta bene? Voglio dire, il succo l'ho capito. Però...»

«È sconvolta, ma sopravvivrà. Però devo parlare con mia madre per provare a calmarla un po'.»

«Okay.»

Sua madre rispose al primo squillo. «Owen?» Sembrava agitatissima. «Ho provato a chiamarti un minuto fa, ma era occupato.»

«Sì, mamma, senti, ho appena parlato con Megan. Mi ha detto che hai scoperto di lei e Ali...»

«Tu sapevi di questa storia?»

«Me l'ha detto qualche mese fa.»

«Io mi sono preoccupata a morte per lei con tutti quei segreti che teneva. Avresti potuto dire qualcosa, Owen. Lo sai che sarei stata dalla sua parte. Ero preoccupata che si drogasse o facesse Dio sa cosa. Non mi importa se ha un accidenti di ragazza, però mi importa che abbia fatto le cose alle mie spalle.»

«Mamma,» disse lui in tono tagliente, interrompendola. «Eddai. Me lo ha detto in confidenza perché si è fidata di me. Non era niente di cui preoccuparsi, quindi ovviamente non sono venuto a dirtelo. Non era pronta a fartelo sapere, e stava proteggendo anche Ali. Adesso stammi a sentire, è per questo che sto chiamando. Megan sta andando fuori di testa perché ha paura che tu dirai qualcosa di Ali a suo padre, e non lo devi fare. Non conosco i dettagli, ma sembra proprio un gran brutto elemento. Quindi per favore, mamma. Lascia loro un po' di spazio, di' a Megan che non deve preoccuparsi, e per l'amor di Dio tieniti la cosa per te, d'accordo?»

«Oh, Owen. Ma per chi mi hai presa? Ovvio che non andrò *a fare outing* ad Ali con suo padre. Non sono così stupida. È solo che... non so cosa pensare. Con te non è stata una gran sorpresa. Lo sapevo prima che me lo dicessi, sul serio. Ma con Megan non l'ho proprio visto arrivare. Mi sento come se avessi dovuto saperlo, come se avessi mancato nei suoi confronti in qualche modo. Vorrei che si fosse fidata di me come hai fatto tu, per questa cosa.» Sembrava più calma, adesso, e lui lo prese come un buon segno.

«Non hai mancato nei suoi confronti, mamma. Però adesso ha bisogno di te. È spaventata, e tu le devi dire che andrà tutto bene; perché è così. E poi lascia che chiami Ali in modo da poter rassicurare anche lei, okay?»

«Sì, okay, tesoro.» Per un attimo si sentì solo sua madre che respirava, poi quel suono si trasformò in una risata isterica. «Dio... per tutto questo tempo mi sono preoccupata che potesse restare incinta. E poi è saltato fuori che era l'ultima cosa che poteva succedere, eh?»

Owen ridacchiò. «Pare proprio di sì.»

«D'accordo, allora, va bene. Meglio che vada a parlarle.»

«Dalle un grosso abbraccio da parte mia.»

«Promesso.»

DIECI

Quando Nathan arrivò a casa, Owen era sdraiato sul divano a parlare al telefono.

«È Megan,» mimò senza usare la voce, mentre lui si chinava a dargli un bacio sulla guancia.

«Sta bene?» bisbigliò lui.

Owen annuì.

Megan aveva chiamato già qualche volta dopo la crisi della settimana prima, o dopo l'Ali-gate, come amava chiamarlo Owen.

Nathan lo lasciò al telefono e andò a cambiarsi. Quando tornò, Owen aveva finito.

«Come vanno le cose con Megan, allora?» chiese lui sedendosi all'altro capo del divano. Owen ripiegò le gambe per fargli spazio, e lui se le tirò in grembo, tenendogli le caviglie.

«Non troppo male. Lei e mia madre hanno parlato e sono anche quasi riuscite a non urlarsi contro. Megan è incazzata per alcune delle nuove regole. Niente più pigiama party, per il momento, però mia madre sta dando loro un po' di privacy quando in teoria stanno *studiando*.» Owen disegnò le virgolette per aria mentre pronunciava l'ultima parola, con un mezzo sogghigno. «Non ho chiesto i dettagli, però Meg sembra più allegra. A scuola non sono dichiarate. Meg dice che non le darebbe fastidio se la gente lo sapesse, ma Ali ha bisogno che rimanga un segreto.»

«E Ali e suo padre?»

«Su quel lato nessun cambiamento. Suo padre continua a non saperne niente, e Ali sta cercando di girargli alla larga quando è a casa.» Owen si accigliò. «Non mi piace quello che dice Meg sul padre di Ali e su come la tratta, ma a quanto pare Ali è decisissima a non muovere le acque dicendolo a qualcuno. È terrorizzata che possano venire coinvolti i servizi sociali.»

«Forse dovrebbero.»

Owen sospirò. «Non lo so. Meg dice che non va poi così male. È un po' aggressivo se ha bevuto, però capita raramente che le faccia davvero male. Ali vuole solo mantenere un basso profilo finché non potrà lasciare la casa e andare all'università, più avanti, quest'anno. È per questo che lavora tanto sodo: avere dei buoni voti sarà la sua via di fuga.»

Nathan lo vide incupirsi per la preoccupazione. Owen era legato a tutta la propria famiglia in generale, però Megan tirava davvero fuori la sua vena protettiva.

«Suppongo che tutto quello che puoi fare sia continuare ad ascoltare. Così Meg sa che può venire da te, se lei o Ali avranno bisogno d'aiuto.»

«Già.»

Nathan sospirò. Gli accarezzò pigramente le caviglie, e

poi gli cadde lo sguardo su un mucchio di appunti e formulari di candidatura per vari lavori, appoggiati sul tavolino.

«Novità sul fronte del lavoro?»

«Sto ancora aspettando di avere notizie da un posto dopo il colloquio telefonico della settimana scorsa. Però penso che se fossero buone notizie a questo punto lo saprei. Ho spedito un'altra candidatura oggi e ho altri due colloqui in lista per la settimana prossima, sempre per telefono. E intanto ho firmato con alcune agenzie interinali. Incrociando le dita riuscirò a trovare qualcosa che mi tenga a galla, anche se non è nel mio campo.»

Sembrava più ottimista di quanto non lo fosse da settimane.

«Sono sicuro di sì. Hai un sacco di capacità.»

Owen fece un sorrisetto; era palese che era passato ai pensieri sconci. Agitò i piedi sul suo grembo. «E tu lo sai bene, tesoro.»

«Non sono sicuro di volere che tu adoperi quelle capacità sul posto di lavoro. Preferirei le tenessi da parte per il piacere, piuttosto che per gli affari.»

«Sì, beh, non sono ancora così disperato. Preferisco usare quelle capacità solo con te.»

PIÙ TARDI, quella sera, Nathan era seduto sul divano a controllare le mail personali. Ce n'era una da suo fratello riguardo l'imminente gita in Scozia. Si sarebbe messo in viaggio il Venerdì Santo, mancavano quattro giorni.

«Dio, devo tirare fuori tutta la roba da trekking,» disse. «E mi servirà il sacco a pelo invernale, perché le previsioni a lungo termine promettono freddo.»

«Pensavo che doveste dormire in ostello,» disse Owen. «Non vi danno la biancheria da letto?»

«In ostello ci stiamo una parte del tempo. Però Ben vuole campeggiare lungo uno dei sentieri che faremo. È un percorso enorme che prende un sacco di vette, e c'è un posto, un rifugio di montagna dove si può pernottare gratis, in una valle lungo la strada. Sembra un peccato non sfruttarlo»

«Siete proprio matti.» Owen scosse la testa, però stava sorridendo.

«Sicuro che non vuoi venire con noi? Non è troppo tardi per prenotare anche per te.»

«No, no, sinceramente, io sono a posto così, grazie. E sono occupato con le candidature per il lavoro. Ma penserò a te quando me ne starò comodo al calduccio nel nostro bel letto a farmi una sega e tu sarai là a gelarti le palle in una tenda a due posti con tuo fratello... ahio!»

Owen si allontanò di scatto, perché lui gli aveva mollato una gomitata nelle costole.

«Vorrei che potessi venire anche tu, però.» Nathan cercò di non avere un tono troppo malinconico. «Sarebbe stupendo, e secondo me lo adoreresti. Ti terrei al caldo io la notte.»

«No che non lo faresti, con tuo fratello nel rifugio,» lo stuzzicò Owen. «Il sesso in pubblico non è nei miei kink. Non sapevo che a te piacesse.»

Nathan mise giù il portatile e lo afferrò, buttandolo sul divano e facendogli il solletico finché non si mise a implorare pietà. Alla fine si impietosì. Sempre tenendolo inchiodato, calò su Owen per un bacio.

«Seriamente, però. Mi mancherai,» disse quando si tirò indietro.

Non passavano una notte separati da mesi.

«Sì. Anche tu a me.» Owen gli affondò le dita tra i capelli e lo tirò giù di nuovo.

IL VENERDÌ SANTO NATHAN si svegliò prima che suonasse la sveglia. Controllò l'ora sul telefono; mancava poco alle otto. Aveva fatto la maggior parte dei bagagli la sera prima e non c'era bisogno che uscisse di casa almeno fino alle dieci, quindi spense la sveglia e si raggomitolò più vicino a Owen, che nel corso della notte era rotolato distante.

Owen borbottò qualcosa di incomprensibile e affondò il viso nel cuscino. Era sdraiato a faccia in giù, un braccio gettato sul lato più lontano del materasso, e il piumino gli era scivolato via dalle spalle. Tutta quella pelle nuda era troppo stupenda perché Nathan riuscisse a resistere, soprattutto visto che poi sarebbe stato via per una settimana.

Iniziò con baci leggeri come piume sulle spalle, spostandosi poi verso il retro del collo. Giusto di recente Owen si era fatto tagliare i capelli, che adesso erano di nuovo abbastanza corti, nella speranza che questo potesse aiutarlo nei colloqui di lavoro, quindi la pelle sensibile della nuca era esposta, e quando si mise a baciarlo in quel punto Owen mormorò qualcosa, cambiando posizione.

«Giorno,» disse Nathan.

«Giorno.» Owen si rigirò sulla schiena.

Aveva quell'adorabile aspetto stropicciato dal sonno

che a lui faceva venire le farfalle nello stomaco. Lasciò vagare lo sguardo sul torace, con quella spruzzata di peli scuri. Il piumino gli bloccava la visuale su tutto quello che c'era più in giù. Si protese verso Owen, facendogli scivolare le mani sul ventre; ce l'aveva duro, sotto i boxer.

Owen sorrise, inarcandosi verso il tocco di Nathan, e lui gli premette il palmo sul pacco. «Hai tempo per questo?»

«Sì.» Nathan si spostò ancora più vicino. «Ho una quantità di tempo. Non devo uscire prima di un paio d'ore. Levati questi.» E iniziò a tirargli giù i boxer.

«Anche tu, allora.»

Si spogliarono entrambi, scalciando via l'intimo sotto le coperte, e si misero sdraiati su un fianco, a baciarsi e accarezzarsi a vicenda fino ad avere il fiato corto. Nathan si perse in quel grattare di barba, nell'odore di Owen, nella presa del compagno attorno al suo cazzo.

Owen venne per primo, con uno sbuffo leggero e il corpo teso, e lo sperma caldissimo gli rese scivolosa la mano quando si riversò tra di loro. Quello lo portò ancora più vicino, era lì che vacillava sul limite, ma non c'era ancora del tutto. Con un ringhio di frustrazione rigirò Owen sulla schiena e gli si mise a cavalcioni. Si prese l'uccello in mano e si accarezzò forte e in fretta, guardando Owen sdraiato lì sotto di lui, pigro e rilassato per l'orgasmo, e sexy da morire. Owen ricambiò lo sguardo, gli occhi che continuavano a passare dal suo cazzo al suo viso.

«Sì, vieni,» disse, poi si leccò le labbra.

«Cazzo.» Nathan venne contraendosi tutto, gemendo, mentre profonde ondate di piacere gli si rovesciavano addosso, e schizzò sull'uccello di Owen, che si stava ammosciando, e anche su pancia e torace.

Owen gli sorrise, un sorriso sporco e soddisfatto, e lui si chinò di nuovo a baciarlo. Qualcosa di feroce e rovente gli riempì il petto.

«Ti amo così tanto,» mormorò fra i baci. «Mi mancherai.»

«Ti amo anch'io,» disse Owen, baciandolo con un fervore che teneva testa al suo. «Ma è solo una settimana.»

DOPO LA DOCCIA ASSIEME, e la colazione, Nathan si mise a infilare le ultime cose nello zaino.

«Dobbiamo ancora decidere cosa vogliamo fare per la luna di miele,» disse.

Non avevano ancora prenotato nulla. Owen era stato riluttante, sperava di trovare prima un nuovo lavoro. Lui aveva suggerito qualcosa di economico, tipo il campeggio, o anche solo un week-end lungo in un posto che non li avrebbe mandati in rosso. Ma ogni volta che sollevava l'argomento, Owen diventava evasivo.

Questa volta non replicò.

Quando lui sollevò lo sguardo, Owen era occupato a leggere una rivista. Forse non aveva sentito.

«Owen!»

«Che c'è?» Owen non guardò verso di lui.

«Ti stavo ricordando che dobbiamo decidere per la luna di miele. Anche se sarà solo una breve gita, fra non molto dovremo prenotare.»

«Oh, già.»

Non aveva un tono nemmeno remotamente entusiastico, e lui si sentì pungere dall'irritazione. Lo sapeva che Owen era stressato per i soldi, ma porca puttana. *Qualcosa* se lo potevano permettere. Lui era ben felice di pagare per entrambi, e lo aveva già detto: per quello che lo riguardava, a lungo termine le cose si sarebbero bilanciate. Owen poteva pagare un'altra volta.

Sospirò. «Ne parleremo quando tornerò.» Non valeva la pena discuterne in quel momento.

Riportò l'attenzione sullo zaino, stringendo le cinghie. Poi, mentre stava controllando che le lampo di tutte le tasche fossero chiuse, il suo cellulare trillò. Una notifica del calendario. Lo tirò fuori e controllò lo schermo, aggrottando la fronte. «Oh, merda. Avevo intenzione di farlo ieri.»

«Cosa?» domandò Owen.

«Gli anelli nuziali. Dobbiamo confermare l'ordine al più tardi entro metà della settimana prossima.»

Quasi non avevano parlato dei piani per il matrimonio, in quell'ultimo paio di settimane. Owen era stato così preso con la caccia al lavoro e le preoccupazioni per Megan che lui si era occupato di tutto quello che andava fatto, perché non voleva infastidirlo. Aveva cercato di ignorare il fatto che il matrimonio era una persistente fonte di tensioni tra di loro, attribuendo la cosa al fatto che Owen era stressato in generale. «Puoi farlo tu intanto che io sono via?»

«Di sicuro qualche giorno non farà differenza, no?» replicò Owen. «Quello è il tuo reparto. Non vorrei fare sbagli.»

Owen teneva ancora la rivista aperta e la stava fissando, senza incontrare il suo sguardo. Il tono era leggero, ma qualcosa gli fece squillare un campanello d'allarme, e divampare l'irritazione.

«Ma porca puttana, Owen. Non è difficile. C'è scritto tutto quanto lì nel raccoglitore. Devi solo prendere il telefono e confermare. Cinque minuti al massimo.»

«Sì, sì, sarà.»

Nathan strinse i denti e prese un respiro profondo. «E questo cosa dovrebbe voler dire? Lo farai o no?» Stava perdendo la pazienza in fretta, a quel punto. Owen era ancora lì che girava le pagine di quella sua stupida rivista.

«Sì. Ovvio che lo farò, dannazione.» E ancora non lo stava guardando.

Nathan perse quel po' di calma che gli era rimasta.

«Ma che cazzo hai che non va?» gli urlò. Settimane passate a mordersi la lingua mentre Owen faceva ostruzionismo finalmente arrivarono al punto di rottura, esplodendo in un fungo atomico di frustrazione e rabbia. «Sembra che tutti gli sforzi per pianificare questo matrimonio li stia facendo io. Tu non sei stato nient'altro che una pigna in culo per tutto quanto. Gesù Cristo, Owen. A chiunque verrebbe da pensare che non ti vuoi sposare affatto!»

«Sì, beh, magari non voglio. Ti sei mai fermato a pensarci?» Owen chiuse finalmente la rivista e la sbatté giù sul tavolino. Poi si alzò a fronteggiarlo, con i pugni stretti.

Nathan trasse un respiro scioccato, tentando di dare un senso a quelle parole. Ci fu un lungo silenzio.

«Ma che cazzo dovrebbe voler dire?» Costrinse la propria voce a ritornare calma, cercando di tenere sotto controllo i sentimenti feriti e la rabbia che gli ribolliva dentro, agitandogli lo stomaco. «È stata un'idea tua, Owen. Sei stato tu a chiederlo a me, te lo ricordi?»

Owen si strinse nelle spalle, sulla difensiva. «Quando

ero ubriaco, sì. Non mi aspettavo davvero che tu mi prendessi sul serio, però lo hai fatto. Poi... non lo so. Al momento sembrava una buona idea. Solo che tu lo fai sembrare così facile, e io sono...» Abbassò lo sguardo al pavimento, le mani che gli pendevano molli lungo i fianchi. Aveva perso tutta la combattività, ora. «Io vado ancora parecchio fuori di testa al pensiero, ogni tanto.»

Ci fu una lunga pausa.

«Non ci credo.» Nathan riusciva a sentire il tremito nella propria voce; lo shock gli aveva stretto la gola, e gli faceva martellare il cuore. «Non ci credo, cazzo. E quindi? Vuoi annullare tutto quanto? È questo che stai dicendo?»

«No!» disse bruscamente Owen, tornando a incontrare il suo sguardo. Sembrava essere sull'orlo delle lacrime, quindi perlomeno lui non era l'unico. «No. Non... Io voglio stare con te. Io ti amo, non è questo il punto. Non sto dicendo che voglio cancellare tutto quanto o roba del genere. Lo so che il matrimonio è importante per te. È che magari non è così importante per me, tutto qui.»

«Cazzo.» Nathan controllò il cellulare. «Non ho tempo per questo adesso. Devo andare, altrimenti perderò il volo.» Si girò dall'altra parte e si infilò la giacca, poi prese lo zaino e se lo mise in spalla, sistemando le cinghie sul torace e alla vita con le mani che tremavano. Quando incrociò di nuovo il suo sguardo, Owen aveva un'aria miserevole.

«Mi dispiace,» gli disse. «E mi dispiace rovesciarti addosso tutto questo quando stai per partire. È stato il peggior tempismo di sempre. Mi chiami più tardi?»

«Non lo so.» Nathan riusciva a sentire la freddezza nella propria voce. «Ho bisogno di un po' di tempo per pensare a quello che voglio fare, adesso.»

«Che cosa intendi?» Owen sgranò gli occhi.

«Owen.» Gli mancò la voce, e dovette deglutire per riuscire a tirare fuori le parole. «Non sono sicuro di poter restare là davanti a tutti i nostri amici e alle nostre famiglie a scambiarmi promesse e anelli con te, se so che tu non ci stai mettendo il cuore.»

«Oh.»

«Devo andare. Ti chiamerò, a un certo punto, non sono sicuro di quando. Potrei non avere un gran segnale lassù, comunque, ma ci proverò.»

«Okay, abbi cura di te.»

Si mosse in avanti come per baciarlo, la mano sollevata verso la sua guancia. Ma lui si tirò indietro. Owen lasciò ricadere la mano, e l'espressione ferita che gli passò sul viso diede a Nathan un senso di feroce soddisfazione.

«Ci vediamo tra una settimana. Ciao, Owen.»

Owen non replicò.

Nathan gli girò le spalle e se ne andò senza guardarsi indietro.

UNDICI

Owen rimase lì stordito a fissare la porta che Nathan si era chiuso alle spalle. Si era aspettato che la facesse sbattere, ma chissà come quel sommesso *click* fu persino peggio.

«Merda.» Si buttò sul divano, la testa fra le mani, tirandosi i capelli fino a sentire dolore. «Merda!» ripeté.

Perché aveva aperto quella sua stupida bocca? Con gli occhi ben chiusi, per tenere a bada le lacrime di vergogna e senso di colpa, riusciva ancora a vedere sul viso di Nathan l'espressione ferita che aveva sostituito lo shock quando le sue parole noncuranti avevano fatto presa.

Sì, beh, magari non voglio.

Gesù. Che bel modo di sollevare l'argomento del suo stupido nervosismo prematrimoniale... o quello che era. Tanto valeva che avesse preso Nathan a calci nelle palle, già che c'era.

Lo sguardo gli cadde sulla cartellina dei piani per il matrimonio che era appoggiata sul tavolino da caffè. Sembrava un'accusa vederla proprio lì, aperta allo stampato relativo agli anelli, con attaccato sopra un post-it di annotazioni nella nitida calligrafia di Nathan.

Il senso di colpa gli strizzò il cuore, levandogli il respiro. Non poteva perdere Nathan per una cosa così.

Prese il cellulare e si mise a scrivere:

Mi dispiace. Ti amo. Per favore, quando puoi richiamami.

Fissò lo schermo nella speranza che Nathan replicasse. In quel momento stava di sicuro percorrendo le strade trafficate di Bristol verso la stazione degli autobus, non era un bel momento per la conversazione, e potevano passare ore prima che avesse la privacy necessaria per una telefonata di quelle difficili. Ma lui sperava comunque in qualcosa, un qualche riconoscimento di quelle sue scuse raffazzonate, una qualche indicazione che Nathan si sarebbe rimesso presto in contatto. Il suo cellulare rimase ostinatamente in silenzio, lo schermo che sbiadiva e poi diventava nero, passando in stand-by.

La prospettiva di rimanere bloccato lì in quell'appartamento, solo e infelice, a sentire la mancanza di Nathan, era troppo orribile anche solo per contemplarla. Aveva già preso accordi per andare a pranzo da sua madre la domenica di Pasqua. In teoria avrebbe dovuto prendere il treno la mattina dopo e rimanere là una sola notte, ma dopo quel litigio con Nathan aveva bisogno di tè e comprensione, e nessuno sapeva offrire tè e comprensione meglio di sua madre.

Riprese il telefono e la chiamò.

«Ciao, tesoro,» disse lei.

Owen sentiva la televisione sullo sfondo, e poteva

immaginarsela seduta sul vecchio divano malconcio nel soggiorno di casa.

Gli si strinse il petto. Cerco di mantenere una voce stabile mentre chiedeva: «Ti va bene se vengo lì oggi invece che domenica, e rimango da te un paio di notti in più?»

«Naturale. Lo sai che sei sempre il benvenuto.»

«Cercherò di partire fra un paio d'ore. Quando sono sul treno ti avverto. Puoi venire a prendermi in stazione?»

«Sicuro.» Fece una pausa. «Stai bene, Owen?»

Si sentiva a un milione di miglia dallo star bene. «Sì,» riuscì a dire. «Sì, è soltanto che qui da solo mi annoio. Ho pensato di venire a dare il tormento a te e Megan, invece.» Cercò di fare una mezza risata, ma gli rimase incastrata in gola.

«Okay, allora.» Non sembrava convinta. «Ci vediamo più tardi.»

IL TRENO ERA pieno di gente che si era messa in viaggio all'ultimo minuto per il week-end di Pasqua. Owen riuscì a prendere un posto accanto al finestrino e ci si piazzò tutto ingobbito, con il berretto tirato giù e gli auricolari alle orecchie. Cercò di non pensare a nulla mentre guardava le strade cittadine lasciare gradualmente spazio a campi e boschi, ma il suo cervello continuava a mandare in replay quella litigata orrenda, ancora e ancora, in un loop continuo. Non aveva mai desiderato così tanto poter tornare indietro nel tempo a modificare qualcosa. Avrebbe dovuto essere sincero riguardo ai suoi dubbi, e farlo molto prima. Se avesse sollevato la questione con tatto avrebbero potuto parlarne e trovare un modo di gestire la cosa. Ma buttarglielo in faccia così? Aveva dato a Nathan l'impressione di non volerlo sposare affatto. Che cavolo gli aveva detto il cervello?

Quando il treno si tuffò nell'oscurità del tunnel sotto il Severn, Owen vide il proprio riflesso nel vetro e si girò dall'altra parte per fissare lo schienale del sedile davanti, concentrandosi sul disegno del tessuto finché non gli fecero male gli occhi. Si voltò di nuovo a guardare fuori dal finestrino soltanto quando il treno emerse nell'acquosa luce del giorno sul lato gallese dell'estuario.

Uscì dalla stazione e trovò sua madre che lo aspettava nella zona per le soste brevi. Quando lo tirò in un abbraccio lui si sentì infinitamente peggio, e tutte le emozioni represse tornarono a galla e gli resero difficile respirare.

Lei si tirò indietro e lo guardò attenta.

«Forza, vieni. Me lo puoi raccontare in macchina. E non provare a dirmi che non c'è niente che non va, perché quella faccia te l'ho vista abbastanza volte da saperlo.»

Quando fu emersa dal traffico pesante attorno alla stazione e ritornò sulla strada che conduceva alla cittadina in cui lui era cresciuto, disse: «D'accordo. Che cosa ti succede?»

Owen sospirò. «Ho aperto la mia boccaccia e ho detto qualcosa di stupido, qualcosa che non posso cancellare. E adesso ho paura di aver combinato un casino con Nathan.»

Sua madre aspettò, dimostrando una pazienza che per lei era inusuale, mentre lui raccoglieva le idee. Pensò che la cosa più semplice fosse ripartire dall'inizio, con la proposta. Quindi prese un respiro profondo e cominciò a spiegare.

«Ecco, insomma, in autunno, quando ci siamo fidanzati, è stata più o meno un'idea mia...»

Lei lo ascoltò, interrompendolo solo quando desiderava un chiarimento, finché lui non ebbe tirato fuori tutta quanta la storia.

«Oh, Owen,» disse poi. La delusione che aveva nella voce gli fece annodare lo stomaco. Era tremenda quasi quanto l'espressione ferita di Nathan. «Sei sempre così assurdo. Perché accidenti non gli hai detto qualcosa prima, invece di lasciare che le cose arrivassero a questo punto?» Owen non replicò immediatamente. Stavano svoltando nella strada di casa. Lei si fermò sul vialetto e spense il motore prima di voltarsi a guardarlo. «Beh?»

Si strinse nelle spalle. «Non lo *so*, mamma.» Aveva un tono lamentoso, come un bambino in cerca di scuse per aver rubacchiato i biscotti o per non aver fatto i compiti. «Non sapevo cosa dire. Non era che non volessi sposarlo. A certi livelli volevo, cioè, voglio dire, *voglio*. Ero solo confuso sulla faccenda e non ero proprio del tutto convinto dell'idea, ed è una cosa difficile da dire a qualcuno. Ho pensato che se avessi tenuto il becco chiuso e fossi andato fino in fondo poi sarebbe stato tutto fatto e finito, e lui non avrebbe mai avuto bisogno di sapere che io avevo avuto dei dubbi. E anche se non avesse funzionato, come non ha funzionato per te e papà, beh, almeno io ci avevo provato.»

«C'entra tuo padre in questo? E per quello che ha fatto lui?» Sua madre si accigliò.

«Penso di sì, in parte. Forse gli assomiglio troppo, per certi versi?» Nell'ammettere le sue paure si sentì le guance in fiamme. «Prima di incontrare Nathan non sono mai stato bravo a impegnarmi. Non so nemmeno se mi fido di me stesso, sulla lunga distanza.»

«Owen.» Sua madre aveva un tono deciso. «Solo perché

tuo padre è un bastardo traditore non significa che lo sia anche tu. Tu *non* sei tuo padre. Devi avere più fiducia in te stesso. È chiaro che Nathan ce l'ha.»

«Forse.» Sospirò di nuovo. «Ma ormai potrebbe essere comunque troppo tardi. Se ne è andato senza che risolvessimo niente. Era davvero sconvolto, e non lo biasimo.» Gli si spezzò la voce mentre combatteva contro l'ondata di lacrime roventi che volevano sfuggirgli. «Dice che adesso non sa se vuole andare fino in fondo con il matrimonio.»

Sua madre si intristì. «Oh, tesoro.» Poi si protese sopra la leva del cambio e gli appoggiò una mano sul ginocchio. «È naturale che sia sconvolto. Però puoi sistemare la faccenda. Dagli il tempo di calmarsi, e poi potrai parlare con lui.»

Owen tirò su con il naso, sbattendo forte le palpebre. «Sì. Gli ho mandato un sms, ma ancora non ha risposto.»

«Sono sicura che lo farà. Adesso vediamo di farti arrivare dentro casa. Ho lasciato Megan che preparava della zuppa di pomodoro per pranzo. Si domanderà perché ci stiamo mettendo così tanto.»

DURANTE IL PRANZO non discussero dei suoi problemi relazionali, e se Megan aveva notato che era più giù di corda del solito, non disse nulla.

Lui le chiese della scuola, compiaciuto di sentire che stava lavorando sodo per gli esami. Poi le domandò di Ali e la prese bonariamente in giro quando lei arrossì, senza guardarlo negli occhi.

«Sei talmente cotta, che cosa dolce.»

A quel punto lei lo guardò malissimo, anche se aveva le

guance ancora rosa. «Oh, senti un po' chi parla, Mister Quasi Sposato.»

Sua madre cambiò abilmente argomento chiedendo a Megan che progetti avesse per il fine settimana.

«Domani andiamo al cinema,» disse sua sorella. «Ali può venire qui a pranzo domenica, mamma? Lei e suo padre non fanno niente per la domenica di Pasqua.»

«Sì, certo,» fu la risposta. «Sarebbe carino se conoscesse anche il resto della famiglia. Sarà un po' un battesimo del fuoco però, povera ragazza, incontrarli tutti quanti nello stesso momento.»

«Le hai già fatto vedere le foto di Megan da neonata? Dovremmo tirare fuori l'album.» Fece un sogghigno a sua sorella, che lo guardò accigliatissima. «C'è quella fantastica di Meg seduta sul vasino davanti alla televisione, e non vedo l'ora di raccontarle di quella volta che Meg ha cagato sullo scivolo nel giardino sul retro e poi... ahia! Gesù, Megan, ma che cos'hai su quei piedi?»

Gli aveva appena mollato un calcio sotto il tavolo, e faceva un male del diavolo.

«Doc Martens con il puntale in acciaio.» Gli fece un sorrisetto. «E Ali passa di qui dopo pranzo, quindi ti conviene comportarti bene, altrimenti ti prendo a calci dove fa più male.»

Più tardi, quando arrivò Ali, Owen fu il primo a raggiungere la porta. Non stava cercando deliberatamente di far saltare i nervi a sua sorella, ma sua madre era occupata in cucina, e non sentiva prevenire movimenti dalla stanza di sopra. Probabilmente Megan aveva messo della musica e non aveva sentito che c'era qualcuno alla porta.

«Ciao, tu devi essere Ali,» disse osservando la ragazza sulla soglia. «Io sono Owen.»

Era un po' più bassa di Megan e con più curve, con un visino da folletto, occhi grigi bistrati con il kohl, e i capelli corti biondi ossigenati tutti sparati per aria, che alla radice mostravano il castano naturale.

«Ciao, Owen.» Gli porse la mano con un sorriso disinvolto.

Owen ricambiò il sorriso. «È un piacere conoscerti. Ho sentito un sacco di cose su di te. Su, entra.» Si fece da parte per lasciarla passare, e chiuse la porta. «Meg!» chiamò poi. «C'è qui la tua ragazza.»

Si sentì il rumore di una porta che si apriva, e Megan si precipitò giù per le scale, illuminandosi tutta quando vide Ali. «Ehi.» Quando arrivò alla fine della rampa di scale la abbracciò e le diede un bacio sulla guancia.

Il dolce sorriso che aveva in faccia era una cosa che lui non era abituato a vedere. Si schiarì la gola.

«Vedo che hai già conosciuto Owen, quindi.» Megan lo guardò con occhi stretti e lui alzò le mani, facendo la sua miglior faccia innocente.

«Mi sono comportato bene. Chiedi ad Ali. Nessuna storia imbarazzante.»

Ali si mise a ridere. «No, però adesso le voglio sentire.»

«No, proprio non vuoi.» Megan la prese per un braccio e la tirò verso le scale. «Forza, vieni.»

«Ciao, Owen.» Ali lo salutò con la mano. «È stato un piacere conoscerti.»

. . .

OWEN PASSÒ il pomeriggio cercando di tenersi occupato intanto che aspettava di avere notizie da Nathan. Aiutò sua madre con le faccende di casa. Lei sembrava aver percepito il suo bisogno di mantenersi impegnato, e gli trovò vari lavoretti da fare: scaffali che andavano riaggiustati, una sedia della cucina con una gamba traballante. Il suo cellulare lo frustrò rimanendo in silenzio, ma cercò di resistere all'impulso di infastidire Nathan con degli sms. Se non aveva replicato al primo e non aveva chiamato, era chiaro che non era pronto a parlare.

Megan e Ali scesero più tardi e saccheggiarono la cucina in cerca di snack. A vedere l'affetto che c'era tra di loro gli venne da sorridere. Megan era palesemente pazza di Ali, e da quello che poteva vedere lui, era chiaro che la cosa fosse reciproca. Si sedettero al tavolo della cucina a mangiare biscotti e bere cioccolata calda con i gomiti che si urtavano, e lui notò i piccoli sguardi, i tocchi discreti che parlavano di intimità fisica. Era felice per Megan, ma la cosa gli ricordò dolorosamente Nathan, dandogli una stretta al cuore.

Ali andò via prima di cena. Megan la accompagnò alla porta poi tornò in cucina con l'aria felice e il viso arrossato.

«Pigrona,» disse Owen, che aveva dato una mano a preparare la cena mentre lei non si vedeva da nessuna parte. «Hai vinto il lavaggio piatti.»

«Sono stata occupata a ripassare tutto il pomeriggio.»

«Sì, certo.» La fissò agitando le sopracciglia. «Scommetto che non è l'unica cosa che avete fatto.»

Megan gli fece il medio dietro le spalle di sua madre, mentre questa lo guardava severa dicendo: «Owen, piantala di stuzzicarla.»

. . .

DOPO CENA PER UN PO' guardarono un poliziesco in TV. L'attenzione di Owen continuava a divagare, non riusciva a seguire la storia. Alla fine, verso le dieci, rinunciò e andò nella sua vecchia stanza per sdraiarsi sul letto e provò a chiamare Nathan. Il telefono squillò, ma non ci fu risposta. Quando scattò la segreteria telefonica, chiuse la chiamata. Non voleva parlare con un macchinario.

Per favore chiamami, gli scrisse invece.

Rimase sdraiato lì a fissare le pareti nude che un tempo erano state ricoperte di foto di star del rugby gallese, perché apprezzava le loro cosce, non solo perché era entusiasta di quello sport, e si lasciò travolgere dall'infelicità e dalla paura per il futuro. E se Nathan avesse rotto con lui per quella faccenda? Al solo pensiero gli veniva mal di stomaco.

Si rigirò su un fianco e abbracciò il cuscino, cercando di respirare e di lasciare che il panico si placasse un po'.

Quando il cellulare trillò per un sms lo afferrò subito, il cuore che martellava.

Scusa. Non sono pronto a parlare. Domani sarò in montagna, quindi probabilmente non avrò segnale. Ti chiamo domenica sera quando rientro all'ostello.

Una fredda delusione gli si annidò dentro. Non che avesse davvero sperato che Nathan lo perdonasse così facilmente. C'erano parecchie cose di cui dovevano parlare. Però aveva sperato anche solo in qualcosa; qualcosa che volesse dire che l'avrebbero superata, e il messaggio di Nathan non lo aveva rassicurato neanche un po'.

Divertiti e abbi cura di te, digitò, e premette invio. Poi aggiunse, come per un ripensamento: *Ancora una volta, mi dispiace per quello che ho detto. Ti amo.*

Premette di nuovo invio e aspettò, ma quando non arrivarono altre repliche sospirò e ritornò ad abbracciare il cuscino, chiudendo gli occhi e desiderando di poter mettere l'avanti veloce per due giorni, e parlare subito con Nathan.

DODICI

Nathan fissò le parole sullo schermo.

Ancora una volta, mi dispiace per quello che ho detto. Ti amo.

Cominciò a digitare *Ti amo anch'io...* Ma poi gli tornò in mente quello che Owen aveva detto quel mattino, e fu invaso da una nuova ondata di rabbia. Così cancellò quelle parole e mise giù il telefono.

Dall'altro lato della piccola stanza che condividevano, Ben era seduto sul letto a parlare a bassa voce al telefono con Charlotte.

«Sì, ho lasciato il piano del nostro percorso qui all'ostello, giusto per prudenza,» stava dicendo. «Abbiamo prenotato di nuovo qui per domenica notte. Le previsioni meteo sono buone. Potrebbe esserci qualche nevicata in giro, ma non così tanta da preoccuparsi.» Ci fu una pausa. «Sì, naturale. Se trovo segnale ti scrivo, ma se non senti mie notizie non preoccuparti. Quando torniamo qui ti richiamo.» Fece di nuovo una pausa e poi replicò, a voce più bassa: «Ti amo anch'io, dolcezza. Ciao.»

Nathan avvertì una fitta di senso di colpa al pensiero che Owen fosse ancora in attesa di sentirsi dire quelle parole da lui, ma lo allontanò. Poteva aspettare. Un paio di giorni non lo avrebbe ucciso.

«Tu non telefoni a Owen?» chiese Ben.

«No, il mio cellulare non ce la fa,» mentì lui.

«Se vuoi ti presto il mio.»

«No, va bene così. Gli scrivo, invece.»

Non aveva raccontato a Ben del litigio. Non ne voleva parlare. Era troppo doloroso, e l'intera faccenda lo faceva sentire umiliato. Come poteva dire a suo fratello che il suo fidanzato aveva accettato di sposarlo soltanto per... per cosa? Pietà? Senso di colpa? Quali che fossero le confuse motivazioni di Owen, erano sbagliate e non gli aveva fatto la proposta per nessuno dei motivi giusti. A dispetto di tutto ciò, lui non aveva dubitato neanche per un solo istante che Owen lo amasse.

Però forse l'amore non era abbastanza.

«Tutto okay?» La voce esitante del fratello lo riscosse dal suo rimuginare, e si rese conto di essersi incupito.

«Sì. Sì, tutto a posto.» Evitò lo sguardo di Ben e ficcò sotto il cuscino il cellulare che ancora teneva in mano. La sveglia era puntata per le cinque di mattina. Si sdraiò, tirandosi su le coperte fino alle orecchie e girandosi dall'altra parte, il viso rivolto verso il muro. «Adesso provo a dormire. Domani dobbiamo muoverci presto. Buonanotte.»

«Notte. Dormi bene.»

NATHAN DORMÌ MALISSIMO.

Era rimasto sveglio fino a mezzanotte, pur usando

ogni trucco esistente al mondo per rilassarsi e zittire quegli avvilenti pensieri ossessivi su Owen. Dopodiché, aveva fatto dei sogni disturbanti in cui correva, all'inseguimento di qualcosa. Ma quando poi si era svegliato non era riuscito a ricordarsi che cosa avesse rincorso. Sapeva solo che era qualcosa di importante. Quando suonò la sveglia, un allegro canto d'uccellini che gli fece venire voglia di far volare il telefono attraverso la stanza per ammutolirlo, invece lo silenziò pigiando il tasto con un gemito.

Ma Ben era già in movimento. Si alzò e attraversò a tentoni la stanza per arrivare all'interruttore principale. La vivida luce penetrò come una lama nel suo cervello annebbiato dal sonno. «Ugh. Cazzo.» Si coprì gli occhi con le mani.

«Tira su il culo dal letto.» Ben gli lanciò contro il cuscino. «Voglio essere fuori di qui e già in strada alle cinque e mezza. Prima ci mettiamo in moto e più ore di luce avremo. Non voglio dovermi mettere a cercare il rifugio al buio.»

Nathan strisciò con riluttanza fuori dal caldo bozzolo dalle coperte, rabbrividendo per il gelo della stanza. Il riscaldamento non si era ancora avviato, e faceva freddo. Si infilò i vestiti da trekking e cominciò a mettere nello zaino la roba di cui avevano bisogno per l'escursione. Separò gli oggetti non essenziali dagli altri, infilandoli in un paio di buste di plastica che avrebbe lasciato nella macchina di Ben.

Si prepararono il porridge per la colazione nella cucina dell'ostello, poi fecero un bel po' di panini per il pranzo. Dovevano mettersi in corpo un sacco di carburante, per le venticinque miglia di escursione che avevano in programma per quei due giorni.

Quando furono pronti, raschiarono via il ghiaccio dalla macchina di Ben e si misero in moto, puntando verso le montagne che incombevano su di loro bloccando la vista dell'orizzonte come i dorsi ricurvi di giganteschi mostri addormentati. Quando il cielo si illuminò rimase comunque grigio e coperto, ma non troppo minaccioso. Lasciarono l'automobile in una zona parcheggio abitualmente usata dai gitanti, a fondovalle di un sentiero che portava su, verso i rilievi.

Quando si avviarono lungo il sentiero, gli uccelli cantavano sugli alberi, e Nathan si riempì i polmoni con quell'aria frizzante. Man mano che prendevano un buon passo il suo spirito si risollevò. Il ritmo costante dei loro piedi sul terreno e il sangue che gli pompava nelle vene per l'esercizio avevano un effetto esaltante. Era dura sentirsi infelice in un panorama tanto bello, le maestose montagne scozzesi che si estendevano davanti a loro, in attesa di venir conquistate.

IL LORO PERCORSO avrebbe incluso sei Munro: sei picchi sopra i tremila piedi. Erano duecento settantasette in totale in Scozia, e una sfida comune tra chi faceva trekking era scalarli tutti quanti. Lui ne aveva fatto solo una manciata in precedenza, nel corso delle sue visite al fratello. Ma Ben ne aveva reclamato un centinaio da quando se n'era andato a vivere lassù, e tre di quelli sul percorso sarebbero stati una novità anche per lui.

Dopo un paio d'ore trascorse a risalire la vallata, presero

una pista più sassosa e più aspra, allontanandosi dal gentile sentiero erboso della valle e salendo in diagonale un ripido pendio che si allungava verso un picco roccioso. Dopo un altro paio d'ore si fermarono a mangiare qualche barretta energetica, prima di ripartire diretti verso la prima vetta.

Si fermarono per il pranzo in un punto dove il sentiero tornava un po' in piano. Per quella mattina la parte più ripida l'avevano fatta; adesso ci sarebbe stata una pendenza più gentile, lungo la cresta che portava al primo Munro della giornata. Le nuvole si erano infittite, ma la visibilità era ancora buona. Si sedettero con la schiena appoggiata alle rocce e mangiarono guardando il panorama. Era possibile che le nuvole scendendo avrebbero coperto quella vista, quindi dovevano ammirarla finché era ancora possibile. Era spettacolare. La strada che avevano lasciato quel mattino era un nastro grigio a malapena visibile che si snodava fra le enormi montagne. I verdi pendii si ergevano trasformandosi verso la vetta in ghiaioni grigi e rupi rocciose. Nei punti più alti si distingueva qualche chiazza di neve.

E come previsto, un po' più tardi le nubi calarono, gelide e bagnate. Lui e Ben si fermarono per mettersi la copertura impermeabile, perché camminare attraverso una nuvola era come camminare attraverso una nebbia sottile: poteva inzupparti fino all'osso sorprendentemente in fretta. Percorsero la cresta; le rocce erano scivolose e la temperatura era calata bruscamente. Nathan tenne gli occhi fissi su quello che riusciva a scorgere del sentiero davanti a sé, sentendosi strisciare addosso un senso di irrealtà. Non riusciva a vedere a più di dieci metri, ed era strano sapere di essere ad alta quota, su una cresta montuosa, quando non era in grado di vedere la pendenza del terreno sui due lati.

RIMASE nuvoloso per il resto della giornata, senza quasi mai aprirsi. Ogni tanto le nubi si alzavano un pochino, e una volta o due il sole riuscì perfino a trovare uno spiraglio, però mai per molto. La mancanza di panorami non cancellò il senso di realizzazione ogni volta che raggiungevano una nuova vetta. Ben leggeva la mappa e teneva d'occhio la bussola, verificando l'orientamento ogni volta che poteva. Ma Nathan si sentiva comunque sollevato a ogni segnale che trovavano lungo il sentiero. Sarebbe stato talmente facile uscire dal percorso e perdersi.

Arrivarono in perfetto orario sul programma, poco prima che il cielo iniziasse a scurirsi. Era una sistemazione spartana, nient'altro che un capanno di pietra con un camietto e un paio di letti a castello in legno, ma Nathan non era mai stato più contento di così di trovare riparo. Gli facevano male le gambe, e gli stava spuntando su un tallone quella che sembrava una vescica che si prospettava parecchio dolorosa. Completamente esausto, nutriva fiducia che avrebbe dormito bene quella notte. Nemmeno le preoccupazioni per Owen e il matrimonio avrebbero potuto impedirgli di crollare non appena si fosse infilato nel sacco a pelo.

Per scaldarsi accesero il fuoco con un po' della legna lasciata lì da qualcun altro che aveva usato il rifugio. Ne furono grati, perché fuori era troppo umido per trovarne di asciutta. Quando il fuoco fu ben avviato, scaldarono delle lattine di stufato di manzo e dei maccheroni al formaggio sul fornello da campeggio di Ben. Era una combinazione di cibo strana e non particolarmente invitante, però era roba calda e che riempiva bene, e Nathan la trangugiò così alla svelta che quasi non ne sentì il sapore.

Quando si sistemarono nei sacchi a pelo, Ben accese il telefono.

«Hai campo?» domandò Nathan.

Ben fissò lo schermo per un attimo. «No. Dovevo controllare quando eravamo a una quota più alta, magari avrei avuto più fortuna.» Lo spense di nuovo. «Non importa. Charlotte non si aspetta di sentirmi prima di domani, comunque.»

Nathan non si prese nemmeno il disturbo di accendere il suo cellulare. Con tutta probabilità non avrebbe avuto campo neanche lui, e se anche lo avesse avuto non era veramente pronto a leggere altri messaggi da parte di Owen.

Quel giorno aveva passato una quantità di tempo a pensare, mentre facevano lunghi tratti in silenzio, senza fiato per lo sforzo dell'arrampicata, concentrati sul non scivolare su delle rocce traditrici, quando le nuvole scendevano. Non era più vicino di prima a decidere che cosa fare. Si sentiva intrappolato in un bivio fra due strade ugualmente sgradevoli.

Potevano annullare il matrimonio e mettere in pausa tutti i piani per dare a Owen il tempo di elaborare che cosa diavolo volesse dalla loro relazione, ma avevano già speso così tanto tempo e sforzi per pianificare tutto quanto, ed entrambe le loro famiglie erano coinvolte. Sarebbe stato mortificante dover ammettere che Owen aveva avuto dei ripensamenti. Non riusciva a sopportare l'idea che la gente lo sapesse e si mettesse a compatirlo. E inoltre, se lo avessero annullato o rimandato, anche se poi avessero sistemato le cose e avessero finito col rimanere assieme, sposati o no, la gente lo avrebbe comunque saputo. Non c'era modo di poter gestire la cosa in privato. Organizzare il matrimonio aveva reso pubblico il loro rapporto.

Ma la seconda alternativa non era certo preferibile. Andare avanti con le nozze, fingere che tutto fosse perfetto, fingere di essere beatamente felici, il tutto sapendo che Owen non era convinto al cento percento con l'idea di sposarsi? Non lo poteva fare. Non poteva e basta. Aveva bisogno di essere sicuro che Owen lo desiderasse tanto quanto lui. Altrimenti, che senso avrebbe avuto sposarsi?

Lo sfinimento gli piombò addosso, e cominciarono a calargli le palpebre.

«Hai messo la sveglia?» chiese a Ben.

«Sì, sull'orologio. Le sei ti vanno bene? Dovrebbe darci tempo in abbondanza per arrivare alla prossima cresta, fare il giro e poi tornare al parcheggio prima del buio.»

«Sì.» Nathan sbadigliò. «Va bene, allora. Io sono sfinito. Buonanotte. Dormi bene.»

«Anche tu.»

Quando Ben spense la torcia elettrica l'unica luce fu quella che arrivava dal bagliore delle braci nel focolare. L'oscurità li avvolgeva come velluto, e la notte era silenziosa.

Nathan chiuse gli occhi e sprofondò in un sonno senza sogni.

LA MATTINA dopo era rigido e indolenzito per la lunga camminata del giorno prima. Si alzò e cominciò a stiracchiarsi, sentendo tutti i muscoli che si lamentavano. Era in forma, ma era più un corridore che un camminatore. Non era abituato alle lunghe distanze e alla resistenza. Era Ben il camminatore della famiglia, e forse quel giorno lui avrebbe fatto fatica a stare al passo.

Non volendo essere proprio lui a rallentarli, prima che partissero si assicurò di incerottarsi per bene la vescica che si era procurato il giorno precedente.

Lasciarono la vallata e si avviarono lungo un sentiero erboso che ben presto si fece ripido e li portò ad attraversare un pendio sassoso. Il sentiero lo tagliava in diagonale invece di puntare direttamente in alto, ma anche così era comunque dura. Nathan scivolò un paio di volte, e le pietre che aveva staccato schizzarono via lungo la ripida china alla sua destra, facendogli annodare lo stomaco al pensiero che avrebbe potuto fare la stessa fine, se fosse scivolato malamente.

A metà mattina si fermarono per uno snack, riparandosi dietro a una cresta rocciosa. Quel giorno faceva più freddo, e il vento era aumentato un po'. Quando ripartirono per l'ultima ripida salita verso la cresta, il cielo era grigio e iniziò a cadere una pioggia sottile e pungente.

Dopo un'altra pausa per pranzare, affrontarono la cresta. Era più esposta e più difficile di quella del giorno prima, e più che camminare bisognava arrangiarsi a scalare, e sui due lati di alcuni dei tratti più stretti c'erano delle discese così a picco da dare le vertigini. Entrò in ballo l'adrenalina, e Nathan si dimenticò dei muscoli stanchi e delle sue dolorose vesciche. Il suo unico obiettivo era tenere i piedi saldi e arrivare alla relativa sicurezza dell'ultima vetta. Dopodiché sarebbe stata tutta discesa, lunga ma facile, verso il punto dove avevano lasciato la macchina.

Quando arrivò la neve, fu del tutto inaspettata. Nathan era stato così concentrato sull'arrivare in fondo sano e salvo che non si era accorto che il cielo si stava scurendo. Senza il minimo preavviso, quella pioggerella fine fine si trasformò in fiocchi bianchi che si appiccicavano alle pietre. All'inizio sulla roccia umida si sciolsero, ma poi iniziarono a vincere la battaglia in virtù della pura e semplice quantità, e cominciarono ad attaccarsi e ricoprire tutto quel grigio con uno strato di pericoloso e scivoloso biancore.

Ben, che faceva strada, si fermò e si girò verso di lui. «Ti va bene arrivare fino in fondo alla cresta?»

Nathan annuì. Erano così vicini ormai, non potevano mancare più di duecento metri al massimo. E più aspettavano più la neve si sarebbe infittita. Aveva iniziato a cadere forte, imbiancando il panorama tutt'attorno. «Sì. Vai avanti.»

Continuarono ad avanzare, scivolando e slittando. Nathan sentiva il cuore martellargli per un misto di paura ed esaltazione. Non riusciva a vedere quanto lontano fossero arrivati, ma avanzavano a passo costante, divorando la distanza, e sapeva che ormai dovevano quasi esserci.

Poi inciampò. Il suo scarpone perse la presa, e lui barcollò di lato, con uno strillo per l'acutissimo, lacerante dolore alla caviglia. Perse l'equilibrio, le braccia che vorticavano nel tentativo fallito di tenersi dritto. Cadde, la sua testa colpì la dura roccia, e tutto quanto diventò nero.

TREDICI

Owen non aveva avuto intenzione di raccontare a Megan quello che stava succedendo fra lui e Nathan. Solo che lei si era accorta che lui era giù di corda e il sabato pomeriggio gli tirò fuori tutto quanto. Fu sorprendentemente comprensiva, lo ascoltò, e lo prese in giro solo un pochino quando lui le disse della proposta di nozze accidentale.

«Oh mio Dio. Giuro, Owen, solo tu.»

Poi le confessò i dubbi che aveva avuto man mano che i piani per il matrimonio erano andati avanti, e che era stato talmente stupido da buttar fuori la cosa in un moto di rabbia, senza pensare a che effetto avrebbe fatto. «E adesso ho paura che voglia annullare tutto. O magari perfino rompere con me.»

A quel punto, Megan si fece più riflessiva. «È spaventoso però, vero? Anche solo accettare di stare con qualcuno... di avere una relazione. Io avevo una paura matta quando Ali mi ha detto quello che provava, anche se ero felice di saperlo. Però, sapere che lei ci teneva davvero a me... non lo so, non mi piace avere quel genere di potere su di lei, il potere di ferirla se le cose dovessero andare storte.»

Owen rimase a fissarla mentre nella sua testa alcuni dei pezzi del puzzle andavano a posto.

«Che cosa c'è?» domandò lei, sulla difensiva.

«No, hai ragione. Questo è parte della faccenda. Non mi fidavo di me stesso, temevo che avrei potuto ferirlo. Ma l'ironia sta nel fatto che sono riuscito a ferirlo comunque. Sono un tale idiota. Non avrei dovuto dire niente.»

Lei si strinse nelle spalle. «Per quello è un pochino tardi. Però puoi sistemare la faccenda. Hai detto una cosa stupida e hai ferito i suoi sentimenti, ma non è che lo stessi tradendo o roba del genere. Puoi aggiustare le cose.» Poi aggrottò la fronte. «Tu lo vuoi sempre sposare, sì?»

«Sì. Voglio davvero.» Dopo un giorno e mezzo senza pensare a nient'altro, ne era sicuro come non lo era mai stato prima.

«Beh, allora glielo devi dimostrare.»

«Ma come?»

«Quando torna fagli di nuovo la proposta. Fallo come si deve questa volta, e digli quanto lui significhi per te. Quel povero ragazzo è ancora bloccato a pensare che tu glielo abbia chiesto solo perché eri ubriaco. Devi fare le cose nella maniera giusta, stavolta.»

Owen annuì, la mente che già passava in rassegna varie idee. Poi sorrise. «Sì. Penso che potrebbe funzionare. Grazie, Meg.»

Sorrise anche lei. «Non c'è di che.»

·   ·   ·

OWEN RICONTROLLÒ ancora una volta il cellulare mentre in teoria avrebbe dovuto tagliare a pezzi le patate che Megan stava sbucciando. Erano solo le dieci di domenica mattina, ma con il resto della famiglia in arrivo più tardi, c'erano mucchi di verdure da preparare. Sapeva che era stupido guardare di nuovo, era improbabile ricevesse notizie di Nathan finché non fosse tornato all'ostello quella sera, però non riusciva a farne a meno. Continuava a tirare fuori il telefono e controllare che la suoneria fosse attiva, preoccupato di essersi perso un messaggio.

«Ancora niente da Nathan?» domandò Megan, comprensiva.

«No,» sospirò lui. Almeno quel giorno lo avrebbero tenuto distratto. Con la casa piena di gente che pretendeva la sua attenzione, non avrebbe avuto molto tempo per fare il muso lungo.

Il campanello suonò, seguito dal martellare frenetico di un pugno sul legno della porta.

Sua madre arrivò per prima alla porta, con lui e Megan subito dietro, tutti e tre che correvano per vedere cosa fosse tutto quel fracasso.

Ali piombò dentro, ansante, il viso rigato di lacrime. Sulla guancia c'era un evidente segno rosso, ma che già iniziava a virare verso il viola sui bordi.

«Oh mio Dio...» e «Ali! Ma cosa...?»

Megan e sua madre avevano parlato all'unisono. Megan spinse da parte lui e la loro madre, per arrivare da lei.

Ali le cadde fra le braccia e cominciò a singhiozzare tanto istericamente che non riusciva a tirar fuori una sola parola.

«Portala in soggiorno,» disse Jan.

La fecero accomodare sul divano, e Megan si sedette accanto a lei e la prese tra le braccia, tranquillizzandola, mormorandole sottovoce delle parole che Owen non riuscì a distinguere, accarezzandole i capelli e scostandoglieli dal viso con la mano libera.

Sua madre tirò fuori un sacchetto di piselli dal freezer, li avvolse in una tovaglietta, e porse il tutto ad Ali. «Tienili su quel livido per un po', tesoro. Ti fa male da qualche altra parte?» Si accovacciò di fronte a lei.

«No, non proprio,» riuscì a dire Ali, deglutendo e tirando su col naso. Iniziava a calmarsi un pochino. «Non è brutta come sembra.»

Il torvo cipiglio che sua madre aveva in faccia disse a Owen che lei riteneva fosse brutta esattamente quanto sembrava, e che chiunque avesse fatto una cosa simile aveva una gran bella fortuna a non essere nelle vicinanze in quel momento.

«È stato tuo padre?» chiese, con voce tesa e arrabbiata.

Ali annuì, asciugandosi il naso sul dorso della mano. Poi le parole cominciarono a ruzzolarle fuori di bocca, con voce incerta, ma ben chiara.

«Avevo lasciato il portatile aperto in camera da letto ed ero andata in bagno. Non so che cosa ci facesse lui in camera mia, di solito non ci entra mai. Ma comunque, avevo lasciato Tumblr aperto, e io seguo un sacco di blog LGBT. Non era niente di brutto, non era che fosse porno o roba del genere, però c'erano delle foto di ragazze che si baciavano... cose così, e lui è andato fuori di testa. Quando sono tornata in camera era lì che stava guardando tutto quanto, e aveva aperto le mie e-mail e ne aveva letta una tua, Meg.» Incontrò lo sguardo di Megan e le fece un sorriso, fra le lacrime. «Quella di quando sono andata a trovare mio fratello lo scorso week-end e tu hai detto che ti mancavo e che pensavi a me in continuazione.»

Megan boccheggiò. «Mi dispiace. Non avevo proprio pensato...»

«No!» Ali le prese la mano. «Non è colpa tua.»

«E quindi, Ali, tesoro,» disse sua madre con una voce morbida, ma che aveva un filo d'acciaio, «lui che cosa ha fatto?»

«Ha dato completamente di matto, ecco che cosa ha fatto. Si è messo a urlare, a imprecare e a chiamarmi brutta lesbica schifosa. Gli ho urlato contro anch'io, gli ho detto che non aveva nessun diritto di mettersi a guardare le mie cose personali in quel modo. Lui mi ha detto che finché vivevo sotto il suo tetto poteva fare quel cazzo che voleva ... mi spiace, Jan, ma è quello che ha detto lui, e poi mi ha colpita in faccia. Mi ha presa per un braccio e me lo ha stretto parecchio forte, e io avevo paura che stesse per colpirmi di nuovo, quindi gli ho dato una ginocchiata nelle palle più forte che potevo. Quando mi ha lasciata andare sono corsa via. Non mi sono più fermata finché non sono arrivata qui.» Fece una pausa, ansimando forte, di nuovo in lacrime. «Quando mi metterà le mani addosso mi ammazzerà.»

Owen sentì la rabbia che gli ribolliva dentro. Strinse i pugni. Se avesse saputo dove abitava Ali si sarebbe già messo in strada, per dare al padre di lei un assaggio della sua stessa medicina.

Adesso stava piangendo anche Megan. «Che razza di stronzo bastardo!» ringhiò, furiosa e impotente.

Per una volta, sua madre non la sgridò per la parolaccia. Owen sospettava che fosse dello stesso parere.

«Non ti metterà le mani addosso,» disse Jan. «Non se avrò voce in capitolo. Però, Ali, se vuoi essere al sicuro, lo dobbiamo dire alla polizia. Devi fare denuncia. Puoi restare qui tutto il tempo che ti serve. Non ti ci faccio tornare, là.»

«No.» Ali scosse enfaticamente il capo. «Non ci voglio andare alla polizia. Non posso restare qui e basta? Ho diciotto anni. Sono abbastanza grande per andarmene di casa, se ho un altro posto dove andare. Per favore?»

Sua madre sospirò. Incrociò il suo sguardo, e lui vide che il cervello di sua madre si era già messo al lavoro, elaborando un piano.

QUEL POMERIGGIO si presentarono sulla soglia della casa di Ali.

Ci andarono lui, sua madre, Ali e Dave, suo cognato. Megan avrebbe voluto andare, ma sua madre aveva insistito che rimanesse a casa con le sorelle e i bambini, e Owen le aveva dato manforte. Meg era così furiosa che lui non era sicuro che non avrebbe peggiorato quei problemi che stavano cercando di evitare. Nella sua fretta di andarsene, Ali aveva lasciato là le chiavi, per cui Owen fece strada lungo il vialetto e si mise a picchiare alla porta finché il padre di lei, Brian, non andò ad aprire.

«Ali, che succede? Chi diavolo è questa gente?» chiese l'uomo, aggrottando la fronte, confuso.

Owen resistente all'impulso di dire qualcosa di scontato tipo *Il tuo incubo peggiore* e optò per: «Siamo qui per prendere la sua roba.» Fulminò Brian con lo sguardo, i pugni stretti, pronto alla lotta se necessario. Era ancora furibondo per conto di Ali e perfettamente disponibile a prendere a cazzotti in faccia quello stronzo omofobo, se gli avesse dato una mezza ragione per farlo.

Per un attimo, Brian prese l'aria di uno che poteva forse mettersi a discutere, ma poi guardò oltre la sua spalla e vide Dave, che giocava a rugby nel ruolo di pilone, e sembrò ripensarci. Si fece da parte accigliato, mentre lui lo urtava con la spalla per passare, seguito dagli altri, con Ali che teneva forte la mano di Jan. «Che amici sono?» Si era rivolto ad Ali. «Dove stai andando? Questa è casa tua. Non te ne puoi andare così e basta.»

«Sì che può, dannazione,» replicò Owen. «Ha diciotto anni, se ne può andare di casa quando vuole.» Sputò fuori la parola "casa" con tutto il disprezzo che meritava. Nessuno avrebbe dovuto venire preso a pugni nella propria casa dalla persona che in teoria avrebbe dovuto amarti e prendersi cura di te.

«Ha ragione lui, papà,» intervenne Ali, con voce incerta ma limpida, la schiena ben dritta, guardandolo negli occhi.

Owen si sentì maledettamente orgoglioso di lei in quel momento, vedendola fronteggiare l'uomo che quel mattino l'aveva colpita in faccia. Ci voleva fegato. «Non puoi farmi restare a forza. Lei è Jan, la mamma di Meg, e dice che posso stare da loro finché ne avrò bisogno. Penso che sia meglio che io me ne vada.»

«Ah, ma dai, tesoro.» Il tono si era ammorbidito, diventando quasi supplichevole. «Mi dispiace per stamattina. È stato uno shock scoprire... hai presente. Forse ho avuto una reazione eccessiva.»

«Eccome se l'hai avuta,» sbottò Owen. «Adesso levati di mezzo e lascia che Ali faccia i bagagli.»

«Non avete nessun diritto di piombare qui e mettervi a darmi degli ordini in casa mia,» si mise a urlare Brian. «È mia figlia. Lei rimane sotto questo tetto!»

Owen si incollerì. Fece un passo in avanti, i pugni chiusi. Ma sua madre lo fermò con una stretta decisa sul braccio.

«No,» disse, la voce era fredda come acciaio. «Non rimarrà qui un'altra notte a meno che non voglia. E per quanto riguarda lei, è maledettamente fortunato che non abbiamo chiamato la polizia quando è comparsa sulla porta di casa nostra stamattina. La guardi in faccia! Questa è aggressione, pura e semplice. Adesso vuole lasciarci passare? Oppure devo fare quella telefonata alla polizia?»

Ci fu una lunga pausa di tensione. Brian aprì la bocca, ma non ne uscì alcun suono. Aveva la faccia di un rosso scuro per la rabbia, ma sembrò capire che non era il caso di continuare a discutere. Si fece da parte, indicando in silenzio le scale con un gesto, e li guardò storto tutti quanti man mano che passavano.

Restò fuori dai piedi intanto che loro aiutavano Ali a fare i bagagli, e non uscì a salutarla; si sentiva il rumore della TV che arrivava dalla stanza sul davanti, segno che Brian era lì dentro, e Ali rimase ferma davanti alla porta semiaperta come se fosse indecisa se entrare o meno. Ma poi scrollò le spalle, tenne la testa alta, e fece strada fuori di lì.

Nel tragitto di ritorno si sedette accanto a lui e rimase in silenzio a fissare fuori dal finestrino per tutto quel breve percorso. Aveva la mascella stretta, ma le sfuggì una lacrima che le scivolò giù lungo la guancia. A Owen si strinse il cuore ricordando come si era sentito lui quando suo padre non era stato capace di accettare il suo orientamento. Avrebbe voluto dirle che le cose poi sarebbero migliorate, ma non era sicuro che in quel momento lei ci avrebbe creduto.

QUELLA SERA, dopo una cena fatta di avanzi del pranzo, Owen era seduto sul divano assieme a sua madre a soffrire durante una maratona di *EastEnders*. Il resto della famiglia era andato via da un pezzo. Meg e Ali erano di sopra, la ragazza era ancora molto scossa, e sua madre aveva palesemente stabilito che avevano bisogno di un po' di spazio. Ali avrebbe potuto avere una camera da letto tutta per lei, ma non si era messa a fare storie per il fatto che si fossero rintanate nella stanza di Megan, per quella sera.

Lui ancora non aveva notizie di Nathan, ed era sempre più impaziente di parlargli, adesso che tutte le distrazioni di quel giorno erano finite. Gli mandò un altro sms.

Spero che l'escursione sia andata bene. Mi manchi. Per favore quando puoi chiamami x

Alle nove, stava ancora aspettando. Provò a chiamarlo, ma finì alla segreteria telefonica. Di sicuro a quel punto doveva per forza essere tornato all'ostello, no? E il venerdì sera là aveva trovato campo, quindi avrebbe dovuto ricevere i suoi messaggi e le notifiche di chiamata. Arrabbiato e agitato, gli scrisse di nuovo.

Porca puttana, Nathan. CHIAMAMI. Dobbiamo sistemare la faccenda.

Ma quando il cellulare finalmente squillò, alle dieci e mezza, lui non riconobbe il numero.

«Pronto?» disse, spazientito. Non voleva avere il telefono occupato, nel caso Nathan avesse cercato di contattarlo.

«Owen? Sono Charlotte.»

La voce era tesissima, e lui capì all'istante che qualcosa era andato *molto* storto. Fu preso da una paura gelida che gli trasformò lo stomaco in acqua. «Cosa c'è? Che cosa c'è che non va?»

Sua madre spense la TV e si voltò a guardarlo, con occhi colmi di preoccupazione e di domande silenziose.

«Mi dispiace, Owen,» disse Charlotte. «Ma Ben e Nathan sono dispersi. C'è stata una nevicata su in montagna, e loro ancora non sono tornati.»

Gli si svuotò il cervello per il panico. Aveva talmente tante domande, ma non sapeva da dove cominciare. «Li stanno cercando?»

«Sì. È partito il soccorso alpino.»

«Oddio.»

«Owen. Ben ha esperienza. Saprà cosa fare, tipo come stare al caldo e come rimanere al sicuro. Staranno bene.» Ma il tremito nella voce di Charlotte tradiva la paura, e quelle parole non lo rassicurarono neanche un po'. Si sentiva quasi la nausea al pensiero di Nathan bloccato chissà dove in mezzo alla neve, disperso, congelato, ferito... Gli si aggrovigliò lo stomaco, e pensò che forse avrebbe vomitato sul serio.

«Vengo lì,» disse. Il pensiero di restarsene fermo ad aspettare le notizie era insopportabile. Aveva bisogno di essere là, di fare qualcosa. Magari poteva unirsi a un gruppo di ricerca. «Vengo lì il prima possibile. Non sono sicuro di come, se in treno o aereo, però verrò. Se senti qualcosa chiamami, va bene?»

«D'accordo. Ciao, Owen.»

«Ciao.» Mise fine alla chiamata con un dito che tremava.

«Prendi la mia macchina,» disse sua madre dopo che la ebbe aggiornata su quel poco che sapeva. «È il modo più semplice. Anche se riuscissi a trovare un volo dovresti comunque noleggiarne una all'aeroporto di Glasgow.»

«Grazie, mamma.»

Nel giro di mezz'ora aveva fatto i bagagli ed era già in strada, con un viaggio di otto ore e mezza davanti a sé.

«Okay, Nathan. Ti conviene essere sano e salvo,» borbottò fra sé e sé, mentre avviava il motore e partiva. «Sto arrivando.»

QUATTORDICI

«Nathan... *Nathan!* Svegliati, razza di stronzo. Non farmi questo.» Il suono della voce di Ben, intrisa di panico, e una mano guantata che gli dava degli schiaffetti sul viso, lo riportarono indietro dal buio e di nuovo nel disorientante, vorticante biancore della tempesta di neve.

«È tutto okay. Sono sveglio.» Una fitta di dolore gli trafisse il retro della testa, e dei puntini neri si misero a galleggiare in mezzo a quei fiocchi bianchi.

«Dove sei ferito? Quanto è brutta la situazione?»

Nathan fece un rapido controllo danni mentale, cercando di mettere a fuoco quali parti del suo corpo non gli sembravano a posto. «Di sicuro ho battuto la testa,» disse. Sollevò la mano per toccarsi il bernoccolo sul retro del cranio, ma il guanto era pulito, perciò a quanto pareva non stava sanguinando. Fortunatamente, il berretto gli aveva fornito un po' di protezione. «Credo di essermi anche preso una storta alla caviglia.» Cercò di muoverla. «Ahia. Sì. Quella fa un male cane.» Si tirò su in posizione seduta, aspettando che lo stordimento passasse.

«Che giorno è oggi?» chiese Ben.

Nathan sbatté le palpebre, confuso. «Domenica?»

«Dove siamo?»

«In montagna nel bel mezzo del dannato nulla.»

Ben ridacchiò. «Che bello vedere che il tuo senso dell'umorismo è intatto. Ce la fai a camminare?»

«Non lo so.» Si alzò lentamente, e quando tentò di caricare il peso sulla caviglia gli scappò una smorfia. «A malapena.»

«Cerchiamo di scendere dalla cresta, poi ci possiamo fermare per un po' e capire cosa fare.»

Ben rimase con lui, sostenendolo quanto poteva intanto che percorrevano lentamente l'ultimo pendio sassoso verso la relativa sicurezza del picco a cui stavano puntando prima che lui scivolasse.

Quando le rocce frastagliate tornarono più in piano e il sentiero si allargò, ci vollero altri dieci minuti o giù di lì prima che il cairn, il cumulo di sassi che segnava la vetta, comparisse nella tempesta, proprio davanti a loro.

Nathan si lasciò crollare grato in quel poco riparo che offriva, facendo loro schermo alla meno peggio dal vento e dalla neve.

Ben si accovacciò accanto a lui.

«Sono tre ore buone di discesa da qui, anche a passo normale,» disse. «Pensi di farcela con quella caviglia?»

«Posso provarci,» replicò lui. Perché, insomma, quali altre opzioni aveva? Gli girava ancora la testa e aveva un po' di nausea, ma non intendeva certo restarsene lì seduto a rischiare di congelarsi a morte. Il viso di Owen gli apparve nella mente, ed ebbe una fitta al cuore terrificante al pensiero di non riuscire a tornare da lui.

Ma non appena si fu rimesso in piedi barcollò, la caviglia che cedeva. Il dolore sembrava più intenso, adesso che il fiotto iniziale di adrenalina si era un po' spento.

«Mi dispiace. Non credo di farcela.»

Ben annuì, cupo.

«Okay. Stiamo fermi qui. Tanto comunque rischieremmo di perderci. Orizzontarsi in mezzo alla neve è quasi impossibile. Ficchiamoci nei sacchi di sopravvivenza per rimanere al caldo. Potremmo restare qui per un po'.»

Tirarono fuori i sacchi di plastica di un arancione vivace e i loro sacchi a pelo, e si contorsero per infilarcisi dentro, dopo essersi spazzati di dosso più neve possibile, ma tenendo tutti gli strati di vestiario. Si sdraiarono uno accanto all'altro, come due giganteschi bozzoli. Quando si furono sistemati tirarono fuori i cellulari per vedere se uno dei due avesse campo. Erano ad alta quota, delle possibilità ci potevano essere.

«Sul mio niente,» disse Ben. «E tu?»

«No. Niente neanche qui.»

«Merda.»

«Ben, che cosa facciamo?» Nathan sentì il panico nella propria voce, anche se aveva cercato di reprimerlo. D'un tratto, si sentiva giovanissimo. Quando erano ragazzini Ben era sempre stato il fratello maggiore che sapeva cosa fare e come uscire dai guai. E lui aveva bisogno di quel genere di rassicurazioni in quel momento. Ben era un alpinista esperto. Doveva per forza avere un piano.

«Restiamo fermi, restiamo al caldo e aspettiamo,» replicò suo fratello, con decisione. «Abbiamo lasciato tutti i dettagli all'ostello. Sanno che percorso volevamo fare, e quando non compariremo sapranno che siamo nei guai. E ho promesso a Charlotte di farmi vivo stasera sul presto. Qualcuno darà l'allarme. Il soccorso alpino ci troverà, ma potrebbe volerci un po' in queste condizioni. Noi staremo benone. Abbiamo i kit d'emergenza, abbiamo ancora del cibo e dell'acqua. Andrà tutto bene.»

Nathan tentò di credergli, ma la paura gli teneva il cuore in una gelida morsa.

«Fammi dare un occhio alla tua testa.»

Nathan si spostò più vicino a forza di contorsioni, in modo che Ben potesse dare un'occhiata. Suo fratello gli tirò su il retro del berretto e tastò con dita gentili. Nathan cercò di non sussultare, però faceva male.

«Hai un bernoccolo enorme. Come ti senti?»

«Un po' stordito e con la nausea,» replicò lui, sincero. «Però so dove sono e cosa sta succedendo.»

«Bene. Se cambia qualcosa dimmelo. Adesso vediamo di metterci in corpo un po' di cibo.»

Lo obbligò a mangiare, anche se lui sentiva lo stomaco ribellarsi. Mandò giù a forza una barretta energetica e della frutta secca, con un po' d'acqua. La neve aveva rallentato un pochino, e quando finirono di mangiare smise del tutto.

«Spero che sia finita,» commentò Ben.

Il cielo si stava scurendo, si avvicinava il crepuscolo, e faceva sempre più freddo, anche se il vento era calato.

Si tirarono su i cappucci dei sacchi a pelo e li strinsero per bene, poi si sdraiarono uno di fronte all'altro.

«Se vuoi provare a dormire, metto la sveglia per darti una controllata,» disse Ben. «Non voglio farti dormire a lungo con quel bozzo sulla testa, però.»

«Non sono stanco.» Aveva troppo freddo per dormire. Si sentiva rabbrividire nonostante tutti gli strati di vestiario e il sacco di sopravvivenza. Non era sicuro se fosse per il freddo o per lo shock delle varie lesioni.

«Parliamo, allora. Credo che ci convenga comunque restare svegli. Così se qualcuno dovesse chiamarci lo sentiremo.»

Nathan sapeva che il vero rischio nel dormire era scivolare nell'ipotermia e non svegliarsi più.

«Okay,» disse. «Allora raccontami come ti vanno le cose. Il tuo capo è sempre una pigna in culo?»

Parlarono di argomenti di ogni genere mentre la luce del giorno svaniva e l'oscurità iniziava a circondarli. Trascorsero le ore e intanto parlarono dei loro lavori, delle ambizioni, dei genitori, delle vacanze passate in famiglia quando erano bambini. Nathan evitò di nominare Owen, anche se era sempre lì, costantemente sul retro di tutti i suoi pensieri. Poi Ben si lasciò scappare che lui e Charlotte stavano cercando di avere un bambino.

«Ci proviamo solo da un paio di mesi,» disse, «ma lei è già parecchio impaziente.»

«È una cosa stupenda, però. Sarai un padre fantastico, e io non vedo l'ora di diventare zio.» Mentre lo diceva gli battevano i denti.

«Pensi che tu e Owen vorrete dei figli un giorno?» chiese Ben.

Quelle parole lo colpirono come un cazzotto allo stomaco, ricordandogli con precisione che razza di casino fosse la situazione con Owen in quel momento. Desiderò non aver lasciato le cose in quel modo. E se lui fosse morto lassù e fosse stato quello l'ultimo ricordo di Owen, lui che se ne andava senza nemmeno salutarlo con un bacio? Allontanò a forza quel pensiero morboso, cercando di placare la paura che gli cresceva dentro e minacciava di travolgerlo. *Continua a parlare*, pensò. *Concentrati su quello. Che cos'è che mi ha appena chiesto Ben? Bambini. Ecco cos'era.*

«Non lo so.» Rabbrividì di nuovo. Il freddo gli era arrivato fin dentro le ossa, la caviglia doleva, e il male alla testa lo distraeva ancora di più, un pulsare sordo che aveva lo stesso ritmo del suo cuore.

«Potreste, però. Cioè, voglio dire, ci sono un sacco di modi in cui le coppie gay possono avere dei bambini adesso, no?» insistette Ben. «Tu e Owen sareste dei padri fantastici, volendo.»

Ci fu una lunga pausa, mentre lui pensava a cosa rispondere. Si sentiva la testa ingarbugliata. Cercare di mettere ordine tra i pensieri era come guadare della melassa.

«Nathan? Non ti addormentare.»

«Non sto dormendo. È solo... Scusa. Le cose con Owen sono complicate al momento. Per come siamo messi adesso, non so nemmeno se ci sarà ancora un matrimonio, figurarsi dei bambini.» Sentì il cuore diventare un grumo di ghiaccio nel dire quelle parole ad alta voce, tutte le sue paure finalmente rivelate ed esposte.

«Cosa? Perché non mi hai detto niente?»

Nathan scosse la testa, anche se sapeva che Ben non lo avrebbe visto. Era completamente buio. La luna era dietro un banco di nubi, e le poche stelle che si vedevano non irradiavano abbastanza luce per essere utili.

«Dirlo lo avrebbe fatto diventare reale.» Le lacrime gli pungevano gli occhi. «Abbiamo avuto uno stupido litigio prima che partissi. Ha detto delle cose mentre era arrabbiato, e forse non erano vere. Ma non sono sicuro che mi voglia davvero sposare.»

«Ma voi due state così bene assieme. Lo so che non vi vedo tanto spesso, ma lo può notare chiunque. È palese.»

«Già. È quello che ho sempre pensato, però adesso non sono sicuro. Non so cosa pensare.»

«Da quando sei partito ci hai parlato con lui?»

«No.» Il senso di colpa gli annodò lo stomaco. «Ero arrabbiato. Non ero pronto a parlare. Me ne sono andato quasi senza salutarlo, e da allora ho evitato di parlarci. Però adesso non sembra più così importante. Voglio solo sistemare le cose. Anche se lui non vuole sposarsi, a me va bene. Voglio stare con lui. Io lo amo, Ben. Lo amo sul serio. Niente cambierà questo fatto. Starò con lui comunque voglia... ho solo bisogno che lui stia con me... matrimonio o no.»

«Nathan, come ti senti?» lo interruppe bruscamente suo fratello, e lui si rese conto che stava sproloquiando.

«Stanco, infreddolito, mi fa male la testa. Ho paura. Voglio andare a casa, Ben.»

«Sì, sì, anch'io.»

«Che ore sono adesso?»

Si sentì un fruscio quando Ben tirò fuori il braccio in modo da guardare l'orologio. «Quasi le undici. Continua a parlarmi. Dimmi di più su come vi siete conosciuti tu e Owen.» Si spostò più vicino a lui.

«Beh, ci conoscevamo un po' già all'università, però non eravamo amici o altro. Poi, quando sono tornato a Bristol ci ha provato con me quando ha saputo che ero uscito allo scoperto.» Ridacchiò, poi andò avanti a raccontare a suo fratello la storia di come lui e Owen si erano messi assieme.

Ogni volta che perdeva il filo o inciampava su una parola Ben lo incitava ponendo domande e facendolo parlare ancora.

Ma dopo un po', Nathan si stancò di parlare.

«Voglio dormire, adesso,» brontolò, arrabbiato con Ben perché non la smetteva più di dargli il tormento.

«No, non se ne parla.» Ben lo scrollò. «Resta con me. Raccontami del matrimonio. Perché tu lo sposerai, Nathan. Lo so e basta. E adesso devi restare sveglio e parlarmi di questo.»

E così lui continuò a parlare, rispondendo alle infinite stramaledette domande di Ben riguardo al posto, al gruppo musicale che avevano scelto, al cibo, ai fiori...

SEMBRAVA che fosse passata un'eternità quando sentirono delle voci che chiamavano i loro nomi, ma in seguito a Nathan venne detto che erano passate solo due ore.

«Oh, grazie a Dio. Qui, siamo qui!» Ben era già in piedi a urlare tanto da diventare rauco prima ancora che lui avesse avuto il tempo di capire quello che stava succedendo. Tirò fuori una torcia elettrica e si mise ad agitarla attorno a sé, creando un arco. «Qui, quassù! Ci serve aiuto.»

Lasciato alle proprie risorse, Nathan si ritrovò a scivolare in quell'oblio che Ben gli aveva negato così a lungo. Fu vagamente consapevole di voci che si avvicinavano, dello scricchiolio della neve sotto i piedi di qualcuno. Poi degli estranei gli parlarono, chiedendogli il suo nome, trascinandolo via dal sonno che desiderava così tanto.

«Andate a farvi fottere,» borbottò lui.

Qualcuno ridacchiò. «È ancora con noi.»

Per metà ascoltò e per metà andò alla deriva, mentre Ben parlava di lui come se non fosse lì, e altre persone discutevano in tono serio. Poi ci fu il gracchiare di una radio e una voce elettronica che si univa alla conversazione. Sentì parole tipo shock, trauma cranico, ipotermia. Ma per lui non avevano nessun senso. Dovevano stare parlando di qualcun altro. Lui stava bene. Non sentiva nemmeno più freddo. Voleva solo che lo portassero a casa in modo da poter vedere Owen. Tentò di dirlo, ma non riuscì a mettere insieme le energie per pronunciare quelle parole ad alta voce. L'ultima cosa che ricordò, mentre finalmente soccombeva a quel totale sfinimento che lo stava travolgendo, fu il rumore assordante di un elicottero, in un mare di vivissima luce.

QUINDICI

Owen usò tutta la propria capacità di concentrazione per guidare più in fretta che poté pur senza correre rischi ed evitare le telecamere del traffico. Fortunatamente le strade erano tranquille, e il tempo quasi sempre asciutto, a parte dei rovesci sparsi che non duravano mai a lungo. La macchina di sua madre era vecchia, e non particolarmente lussuosa se la si confrontava con l'auto aziendale che aveva usato lui una volta, ma divorava comunque i chilometri. Niente avrebbe potuto impedirgli di arrivare da Nathan.

Dovette fermarsi per fare benzina in una stazione di servizio nel Lake District, e quando guardò l'ora rimase sorpreso di vedere che erano quasi le tre del mattino. Aveva perso la cognizione del tempo.

Mentre se ne stava lì a tremare sul piazzale, guardando il numero dei litri che aumentava sul display della pompa, si ritrovò a sbadigliare e, per un attimo, gli si offuscò la vista per lo sfinimento.

«Cazzo,» borbottò. Non voleva fare una sosta. Però gli

serviva della caffeina, e forse anche di un po' di zucchero. Aveva ancora quattro o cinque ore di guida davanti a sé, e anche nel suo disperato bisogno di raggiungere Nathan, poteva ammettere che era meglio arrivarci in sicurezza piuttosto che non arrivarci affatto.

Intanto che spostava la macchina nel parcheggio principale il cellulare squillò, ma non riuscì a prenderlo in tempo per rispondere. Mentre infilava l'auto in uno spazio vuoto arrivò la notifica di un sms.

Il messaggio era di Charlotte, e le parole sullo schermo erano la cosa più bella che lui avesse mai visto.

Li hanno trovati. Sono OK.

Debole per il sollievo, controllò la chiamata persa, e difatti proveniva dal numero di Charlotte. Avviò la chiamata subito dopo essere sceso dalla macchina e intanto entrò nella stazione di servizio, sbattendo le palpebre per le luci tanto forti.

«Owen?» chiese subito lei, non appena ebbe risposto.

«Sì. Come stanno?»

«Ho parlato con Ben proprio adesso. Sono in ospedale, li stanno curando per una lieve ipotermia. Nathan si è fatto male alla caviglia e ha un trauma cranico, però Ben pensa non ci sia niente di cui preoccuparsi. Li hanno portati al pronto soccorso a Fort William.»

«Ha un trauma cranico?» Gli si rivoltò lo stomaco per la paura. «Quanto è grave?»

«Non credo possa essere una cosa troppo seria. Ben ha detto che era sveglio e parlava fino al momento in cui è arrivato l'elicottero. E adesso lo stanno controllando. Sono sicura che starà bene.»

«Okay. Grazie, Charlotte. Devo andare. Voglio rimettermi in strada appena possibile. Se dovessi sapere altro mi avvertirai?»

«Naturale. Sto per partire anch'io. Ci arriverò in un paio d'ore, quindi ci vediamo là.»

STARÀ BENE. *Starà bene. Starà bene.*

Si ripeté quelle parole come un mantra mentre aspettava che il barista gli preparasse il suo triplo espresso.

Nathan *doveva* stare bene. Qualsiasi altra alternativa era semplicemente inaccettabile. Nathan sarebbe stato bene. E avrebbe fatto in modo di assicurarsi che Nathan sapesse quanto lui lo amasse e si sarebbero sposati; e sarebbero vissuti per sempre felici e contenti. Ecco che cosa sarebbe successo.

Allungò il caffè con l'acqua fredda in modo da poterlo buttare giù in pochi sorsi, poi mentre usciva passò dalla zona negozio a prendere una tavoletta di cioccolata, come supplemento di zucchero.

Nel negozio si ritrovò a fissare le varie file di caramelle e cioccolatini, con il cervello spento. Era troppo stressato per prendere una decisione. Ma poi lo sguardo gli cadde sui dolciumi da mescolare a piacimento, e si puntò su alcune caramelle gommose a forma di anello.

Continuò a fissarle con un'idea che iniziava a formarsi, mentre gli tornava in mente il consiglio di Meg.

Fagli di nuovo la proposta. Fallo come si deve questa volta.

Un sorriso gli piegò le labbra.

Afferrò una tavoletta di cioccolato a caso, poi prese uno dei sacchetti di carta per le caramelle da miscelare e scelse con molta attenzione due anelli gommosi. Mentre andava alla cassa, afferrò anche un orsacchiotto che reggeva un cuore rosso imbottito con sopra le parole "Sii mio", e un mazzo di rose rosse un po' sfiorite che erano finite in offerta speciale. Se proprio doveva farlo, voleva andare fino in fondo.

QUANDO FINALMENTE ARRIVÒ A PARCHEGGIARE ALL'OSPEDALE, alle sette e mezza del mattino, il suo cocktail notturno di adrenalina, caffeina e zucchero stava smettendo di fargli effetto. Quasi con le vertigini per lo sfinimento, trovò uno spazio libero, prese il biglietto, e si precipitò nell'edificio principale con le rose strette in una mano, l'orsacchiotto nell'altra, e gli anelli che quasi gli scavavano un buco nella tasca. Seguì i cartelli per il pronto soccorso e andò alla scrivania dell'accettazione.

«Come posso aiutarla?»

La donna dietro la scrivania gli fece un sorriso educato. Il forte accento scozzese della donna gli ricordò quanta strada avesse percorso nella notte.

«Salve.» Era senza fiato, tanto aveva corso. «È qui Nathan Salter?»

Lei picchiettò dei tasti sul computer e controllò lo schermo. «Oh sì, ma certo. È arrivato qualche ora fa assieme al fratello.»

«Sta bene? Posso vederlo?»

«Mi scusi, le posso chiedere chi è lei? Di norma lasciamo entrare solo i familiari.»

«Sono il suo compagno,» disse lui, in tono deciso. Non aveva mai usato quel termine per riferirsi a Nathan in precedenza, aveva sempre usato "ragazzo", ma la parola gli era venuta fuori senza nemmeno pensarci. «Futuro marito,» aggiunse. «Ci sposiamo a giugno.»

Lei notò i fiori e l'orsacchiotto e gli sorrise di nuovo, un sorriso più caldo questa volta.

«Ma certo. Sua cognata ci ha detto che stava arrivando.»

«Lui sta bene?» chiese di nuovo Owen, incalzante.

«Non conosco i dettagli. Aspetti che le chiamo uno degli infermieri, che le saprà dire qualcosa in più e la accompagnerà da lui.»

L'infermiere era un grosso orso scozzese che fece scattare immediatamente il suo gay radar. Mentre percorrevano il corridoio che odorava di disinfettante, lo rassicurò sul fatto che Nathan stava bene.

«Era piuttosto freddo quando l'hanno portato qualche ora fa, quindi lo hanno trattato per l'ipotermia, ma adesso la temperatura è tornata alla normalità. Si è slogato una caviglia, e aveva un bel bernoccolo in testa, ma i dottori non pensano che sia una cosa troppo seria. Più tardi lo porteranno a fare una tomografia come controllo supplementare, ma giusto per essere sicuri. È un po' stordito e dolorante, ma quello è normale. E ha chiesto di lei.» L'infermiere sorrise. «Era preoccupato che lei guidasse per tutta quella strada. Galles del sud, giusto? Dev'essere esausto.»

«Sì. È passato un po' di tempo dall'ultima volta che ho completamente saltato una notte di sonno.»

Entrarono in una stanza con cubicoli su ogni parete, chiusi da tende.

«Eccolo qui.» L'infermiere scostò una tenda, abbassando la voce. «In questo momento dorme.»

La sagoma massiccia di Nathan faceva sembrare microscopico lo stretto lettino d'ospedale, ma riusciva comunque ad avere un aspetto tanto vulnerabile che il cuore di Owen saltò un battito. Aveva la testa bendata, ed era pallido in viso.

«Se vuole può svegliarlo,» disse l'infermiere. «Tanto dovremmo farlo tra mezz'ora per controllare come sta. Tornerò per allora.»

«Grazie.»

Nell'andare via, l'infermiere richiuse la tenda.

Owen andò da Nathan e posò i fiori e l'orsacchiotto sulla sedia accanto al letto. Avrebbe voluto baciarlo, ma non era sicuro se lasciarlo dormire o no. Nathan teneva una mano sul petto, fuori dalle coperte, e lui la sfiorò gentilmente, rassicurato nel sentirla calda.

«Owen?» Dalle sue spalle gli arrivò una voce attutita. «Sei tu?»

«Sì.» Si voltò e vide Charlotte che faceva capolino fra le tende.

«Ciao.» Charlotte si infilò nel varco e lo abbracciò forte. «Sono contenta che tu sia arrivato senza problemi.»

«Come sta Ben?» chiese lui.

«Bene, dorme. Fra poco lo dimetteranno, così potrò portarlo a casa... a meno che tu non voglia che rimaniamo.»

«No. Non ce n'è bisogno.»

«Owen?» La voce di Nathan era rauca, ma inconfondibile. «Sei qui.»

Lui si girò. Una calda ondata di gioia e sollievo, puri e incontaminati, gli scorse nelle vene quando vide Nathan sveglio e sorridente. Fu vagamente consapevole di Charlotte che tornava sul proprio lato della tenda con un bisbigliato: «Io vado a scovare una macchinetta del caffè. Vi lasciò soli.»

«Chiaro che sono qui.» Aveva la voce strozzata, la gola stretta per l'emozione. «Che cosa diavolo sei riuscito a farti?»

«Sono scivolato sulla neve. Vieni qua.» Nathan sollevò una mano.

Owen si sedette sul bordo del letto e lasciò che Nathan lo tirasse giù, schiacciando le labbra sulle sue in un bacio.

«Idiota,» disse poi, tentando di scherzare. Stava piangendo, adesso. Anche Nathan aveva il viso umido, ma lui non era sicuro se fosse per le sue lacrime, o per le proprie.

«Temevo che non ti avrei rivisto mai più,» disse Nathan quando si tirò indietro un pochino per poterlo guardare di nuovo. Poi continuò, con voce sommessa: «Tutto quello a cui riuscivo a pensare era che non ti avevo salutato con un bacio.» Stava decisamente piangendo adesso, e si asciugò le lacrime con la mano libera. «Dio, è così bello vederti. Mi dispiace di essere andato via senza salutarti come si deve, e non mi importa se ci sposeremo oppure no, basta che stiamo insieme.»

«Riguardo a quello.» Owen cercò il sacchetto di carta nella tasca della giacca. «Mi dispiace tantissimo per quello stupido litigio. Mi dispiace di averti ferito. Solo perché ero nervoso per il fatto di sposarmi non vuol dire che non lo voglia fare. Avrei dovuto dirti qualcosa molto prima, solo che non sapevo come. Però lo voglio fare. Voglio che andiamo avanti con il matrimonio. Non ho pensato a nient'altro per tutto il tempo che siamo rimasti separati, e...»

Scese dal letto e si lasciò cadere su un ginocchio sul duro pavimento dell'ospedale. Prese di nuovo la mano di Nathan e sostenne quello sguardo azzurro e sorpreso, intanto che parlava.

«È così che avrei dovuto farlo la prima volta, però meglio tardi che mai. Nathan Salter, ti amo. Ti voglio nella mia vita per sempre, se tu pensi di potermi sopportare. Quindi per favore, *per favore*, vorresti comunque sposarmi, anche se sono un mezzo stronzo? Ti ho preso perfino un anello questa volta... aspetta un attimo.» Gli lasciò andare la mano per un istante; gli servivano tutte e due per tirare fuori gli anelli gommosi dal sacchetto e scollarli, dato che si erano appiccicati assieme. «È il meglio che sono riuscito a fare, con così poco preavviso.»

Tenne il palmo sollevato verso Nathan con i due anelli abbinati appoggiati sopra, e trattenne il fiato.

Nathan curvò le labbra in un sorriso e scosse la testa. «Solo tu, Owen.»

«È un sì?» domandò lui. Gli martellava il cuore. Si chiese se fosse possibile morire di impazienza. Se non altro era già in ospedale, nel caso potevano sempre rianimarlo. «Ti ho comprato anche delle rose e un orsacchiotto pacchiano, se questo può parlare a mio favore...»

Nathan ridacchiò. «Sì. Ovvio che è un sì.»

«Occazzo, grazie! Dammi la mano, allora. Se è un po' stretto mi dispiace, ma per fortuna sono elastici.» Gliene incastrò uno attorno al medio, e lasciò che Nathan infilasse l'altro a lui.

«Adesso vieni qua,» disse Nathan. «Voglio baciarti un altro po'.»

Owen si rimise in piedi di corsa, e Nathan si spostò per

fargli spazio. Gli chiuse le braccia attorno e lo baciò, un bacio lungo e lento e deciso. Lui ricambiò allo stesso modo, finalmente sicuro di essere esattamente dove voleva essere.

Il giorno delle nozze non sarebbe mai arrivato abbastanza in fretta.

«Devo fare di nuovo pipì,» borbottò Owen.

Simon aggrottò la fronte. «Sul serio? Ci sei andato soltanto un quarto d'ora fa.»

«Vescica nervosa.»

«D'accordo, però sbrigati. Sta per iniziare lo spettacolo. E non pensare di tagliare la corda.»

«Ma ti pare.»

Nei bagni dell'ufficio del registro, stabilì che in realtà non aveva davvero bisogno di fare pipì, dopotutto. Aveva solo bisogno che fosse già tutto fatto e finito. Quindi invece di pisciare si lavò le mani tremanti con l'acqua fredda e fulminò con lo sguardo il proprio riflesso.

«Tu lo vuoi, tutto questo,» rammentò a se stesso. «Lo sai che lo vuoi. Quindi piantala di fare l'idiota e respira.»

Quando tornò fuori, sua madre si mise ad agitarglisi attorno, risistemandogli i capelli già perfetti e raddrizzandogli la cravatta. «Ha appena chiamato Ben. Sono a un paio di minuti da qui.»

Come se quello fosse il segnale per lui, si avvicinò un

funzionario. «Gli ospiti sono riuniti e il celebrante è pronto, quando siete pronti voi. L'altro sposo è già arrivato?»

«Arriva da un momento all'altro,» replicò Simon.

«Ecco fatto,» sorrise sua madre spianandogli i risvolti della giacca. «Sei proprio bello, tesoro. Oddio, eccomi che comincio. Meno male che mi sono messa il mascara waterproof, è tutto quello che posso dire.» Rovistò nella borsetta in cerca di un fazzolettino e si tamponò gli occhi.

Owen le mise le mani sulle spalle e le diede un bacio sulla guancia, e lei lo tirò in un abbraccio feroce, sussurrando: «Sono così fiera di te.»

«Smettila,» la sgridò lui gentilmente, «altrimenti mi metto a piangere anch'io. Adesso vai a trovare la tua sedia.»

SI ERANO MESSI d'accordo per percorrere assieme la navata. Nessuno stava consegnando qualcuno a qualcun altro, quindi lui e il suo entourage, Simon, le sue sorelle e la nipotina, erano nel foyer ad aspettare che Nathan arrivasse. Owen misurò il tempo in base ai battiti del suo nervosissimo cuore. D'improvviso, aveva l'irrazionale paura che Nathan potesse non presentarsi, o che potesse avere dei ripensamenti.

Sembrò passare un'eternità prima che le porte si aprissero. La stretta fascia che sentiva attorno al petto si allentò non appena Nathan sorrise, lo sguardo puntato nel suo, e attraversò il foyer diretto verso di lui. L'unico ad accompagnarlo era Ben; il resto della famiglia era già dentro, seduto.

Owen tirò un respiro profondo e lo lasciò andare lentamente. Ecco, stava succedendo.

Si sentì quasi timido, nel salutarlo. Ben consapevoli di

avere la famiglia e gli amici più stretti tutti attorno a loro, si sorrisero. Nathan gli prese le mani e le strinse, mentre Owen si perdeva in quegli occhi azzurri.

«Sei pronto?» chiese Nathan.

«Sì.»

«Facciamolo allora.»

Il nervosismo di Owen fu un continuo crescendo mentre percorrevano insieme le file di sedie, con Ben e Simon subito dietro, e le damigelle in coda. Tutti quanti si voltarono a guardarli, ma Owen tenne lo sguardo puntato in avanti, concentrandosi soltanto sulla sensazione della mano di Nathan nella sua, delle loro dita intrecciate assieme come lo sarebbero state le loro vite.

Quando raggiunsero il celebrante all'altro capo della stanza, il basso brusio di chiacchiere svanì. Lui e Nathan si girarono l'uno verso l'altro. Il suo nervosismo svanì e venne sostituito da uno strano senso di calma e di inevitabilità, quando il celebrante iniziò a parlare.

Davanti a lui si estendeva una vita assieme a Nathan, e tutto quello che lui doveva fare era dire sì.

Finché morte non ci separi.

NATHAN AVEVA SCRITTO i propri voti in una sera soltanto, ed era parecchio compiaciuto della cosa. Owen aveva passato una settimana a scrivere e scartare parecchie versioni diverse, prima di finire con qualcosa di cui era contento. Lo avrebbe fatto una sola volta nella sua vita, e voleva che quella volta fosse perfetta.

Toccò per primo a Nathan. Aprì il suo impeccabile foglio di carta bianca con le parole ordinatamente stampate.

La voce uscì un po' rauca all'inizio, ma prese forza man mano che parlava.

«Owen. Quando ti ho conosciuto eri sempre al centro dell'attenzione, affascinavi tutti quanti e flirtavi con chiunque. Non avrei mai immaginato che tu avresti notato proprio me. Poi, quando mi hai chiesto di uscire...» Nathan sollevò lo sguardo dal foglio, con un mezzo sogghigno.

Owen arrossì e gli fece un sorriso un po' imbarazzato. Non gli aveva esattamente chiesto di uscire, semmai ci aveva provato con lui, ma probabilmente era saggio da parte di Nathan sorvolare sulla cosa.

Nathan proseguì, tornando serio. «Quando mi hai chiesto di uscire ho cercato di respingerti, perché ti avevo giudicato male. Sono molto felice che tu abbia insistito, e sono contento che tu mi abbia dimostrato che avevo torto. Owen, io ti amo. Ti amo per la tua lealtà, la tua gentilezza, il tuo umorismo, e il tuo gusto per la vita. Voglio stare con te per sempre.»

Nathan lo guardò negli occhi, con un'espressione intensa e piena di emozioni. Lui sbatté le palpebre, gli occhi umidi, e aveva un groppo in gola delle dimensioni di una palla da tennis.

«È il tuo turno,» disse Nathan.

«Okay.» Gli mancò la voce, e si schiarì la gola. «Porca miseria. Lo sapevo che avrei dovuto andare io per primo.» Tra i presenti ci fu un piccolo scoppio di risate gentili.

Owen mise una mano in tasca in cerca della sua stesura definitiva. L'aveva scribacchiata su un foglio con le orecchie agli angoli, strappato da un taccuino. Era pieno di parole cancellate con cancellature e aggiunte, e con tutta probabilità sarebbe stata illeggibile per chiunque tranne che per lui, ma tanto comunque quelle parole ormai le conosceva a memoria.

«Nathan, all'università mi eri sempre piaciuto, però non pensavo di essere il tuo tipo. Prima di conoscerti non credevo che per me una relazione a lungo termine fosse una cosa possibile. Tu hai sfidato le mie convinzioni su me stesso e mi hai mostrato che potevo essere una persona migliore, e io ti amo per questo. Grazie per non esserti arreso con me. Sono finalmente sulla tua stessa lunghezza d'onda, e sono pronto per il nostro futuro. Io ti amo, Nathan Salter, e voglio invecchiare con te.» Gli si spezzò di nuovo la voce, e una calda ondata di lacrime gli colmò gli occhi. Quando sollevò lo sguardo dal foglio anche Nathan aveva gli occhi umidi, però stava sorridendo come se le sue parole fossero la cosa più bella che avesse mai sentito.

«È il momento di scambiarvi gli anelli,» disse il celebrante.

Simon mise l'anello sul palmo della mano destra di Owen, e ci chiuse le dita attorno mentre Ben dava l'altro anello a Nathan.

«Owen, io ti do questo anello come simbolo del mio amore e del mio impegno nei tuoi confronti.» Glielo infilò al dito della mano sinistra. Il metallo era freddo contro la sua pelle, ma si riscaldò in fretta.

«Nathan, io ti do questo anello come simbolo del mio amore e del mio impegno nei tuoi confronti.» Owen gli prese la mano. L'oro rosa delle vere nuziali si combinava a meraviglia con gli anelli di fidanzamento più sottili, in oro bianco che aveva comprato per entrambi quando aveva cominciato il suo nuovo lavoro, a inizio maggio. Erano perfetti.

«Io ora vi dichiaro marito e marito. Potete scambiarvi il vostro primo bacio come coppia sposata.»

Owen sentì il cuore che gli si allargava nel petto, e il sorriso che gli si aprì in faccia faceva il paio con quello di Nathan. Si presero tra le braccia e si baciarono, un bacio dolce e quasi del tutto casto, ma che durò abbastanza perché, mentre si spegneva l'applauso, si sentisse chiaramente la voce di Megan che borbottava: «E trovatevi una stanza, santo cielo.»

Owen si tirò indietro ridendo e le fece l'occhiolino. Lei ricambiò con un sorriso innocente.

«SEI SEXY da morire con questo completo,» gli mormorò Owen all'orecchio mentre volteggiavano sulla pista da ballo in un beato, romantico stordimento.

Immerso nell'amore fino alle orecchie, con suo marito tra le braccia e la perfetta dose di champagne nello stomaco, Nathan si sentiva in paradiso. «Anche tu.» Teneva la mano posata alla base della schiena di Owen, e la lasciò scivolare giusto un pochino più in basso, in modo che le sue dita sfiorassero il punto in cui iniziava la curva del culo.

Con i loro completi abbinati, dei gessati color antracite, erano tutti e due un gran bel vedere alcune ore prima, mentre se ne stavano davanti alle loro famiglie e agli amici a scambiarsi gli anelli. Nathan non era stato capace di distogliere lo sguardo da Owen. La figura snella in quel completo tagliato alla perfezione, i capelli castani tagliati di fresco che gli ricadevano sulla fronte, l'intensità dello sguardo e l'amore che gli brillava negli occhi mentre guardava verso di lui.

Owen lo tirò più vicino e con le labbra gli sfiorò il collo mentre sussurrava: «Non vedo l'ora di portarti di sopra e scoparti così tanto da farti rimbecillire.»

Nathan si lasciò scappare una mezza risata dal naso. «E io che ero qui ad aspettarmi qualcosa di romantico tipo un "Ti amo".»

«Io ti amo. Però voglio anche strapparti questo completo di dosso e farti delle cose davvero, davvero sporche nella nostra suite da luna di miele. È troppo presto per andarcene?»

Nathan si sentì riscaldare dall'eccitazione, ma cercò di combatterla. Il taglio del suo completo non avrebbe nascosto granché, se si fosse eccitato troppo. «Credevo che avessi sempre pensato che il sesso matrimoniale era noioso,» lo stuzzicò. «E sì, è troppo presto per andarsene. Adesso comportati bene.»

Mise un po' di distanza fra di loro, e danzarono ancora un po'.

La pista da ballo era piena di coppie. Ben gli fece un sorriso mentre passava con Charlotte tra le braccia. Vicino al palco, dove stava suonando la band, Nathan intravide Ali e Megan e sorrise per il modo in cui stavano ondeggiando assieme, le braccia strette l'una attorno all'altra. La permanenza di Ali a casa di Jan aveva funzionato benissimo. Lontana dal padre, Ali era fiorita. Lei e Megan erano più unite che mai, e se Ali fosse andata all'università di Cardiff, in autunno, sarebbe stata a meno di un'ora di distanza.

«Che ne dici di una sveltina alla toilette?» chiese Owen, ricatturando immediatamente la sua attenzione. Poi abbassò la voce, il respiro caldissimo contro il suo orecchio mentre mormorava: «Voglio succhiartelo. Essere sposato mi sta facendo arrapare un sacco. Dai, forza. Voglio avere il cazzo di mio marito in bocca.»

Accidenti a lui e al suo dirty talk. Lo sapeva che lui ne andava matto.

«E se dovessero beccarci? Non è come in un nightclub. Cioè, voglio dire... potrebbe entrare mio padre, porca puttana.»

«Sono delle toilette come si deve, frequentate da gente per bene, non dei cubicoli traballanti. Le pareti vanno giù fino al pavimento e su fino al soffitto. Ho controllato prima quando sono andato a fare una pisciata. Nessuno lo saprà mai.»

«Non riesco a credere che tu abbia già controllato i bagni dell'hotel con l'idea di succhiarmi il cazzo lì dentro. Gesù.»

«Eh, mi rendo utile.» Owen sogghignò; era palese che percepiva la vittoria. «Lo sapevi che se mi sposavi c'era una ragione.» Lo prese per mano e si mise a tirare. «Adesso piantala di discutere, andiamo e lasciatelo succhiare.»

In qualche modo, riuscirono ad abbandonare la sala ricevimenti principale e arrivare nel corridoio in cui c'erano i bagni senza venire dirottati da qualcuno che voleva fare loro le congratulazioni.

«Ancora non sono sicuro dell'idea,» provò a dire Nathan mentre Owen apriva la porta della toilette degli uomini. «Potremmo fare un salto in camera nostra per una sveltina, invece.»

«Nahhh. Quando riuscirò a portarti lassù, poi non ce ne andremo più. Qui andrà benissimo.»

La porta si chiuse alle loro spalle. Una fila di lavandini e specchi fronteggiava gli orinatoi. All'estremità più lontana c'erano tre stalli socchiusi; era chiaro che avessero il posto tutto per sé, almeno per il momento. Owen lo guidò verso il cubicolo di destra, e poi chiuse e bloccò alle loro spalle la pesante porta di legno.

Tutte le proteste di Nathan evaporarono in una nebbia di desiderio quando Owen lo spinse contro la porta e gli diede un bacio rapido e sporco. Perché aveva pensato che non fosse una buona idea? Con l'inguine di Owen contro il suo, tutti e due duri sotto la stoffa dei pantaloni, sembrava la migliore idea di tutti i tempi. E quando Owen si lasciò cadere in ginocchio e cominciò ad aprirgli la patta, lui lasciò ricadere la testa all'indietro contro la porta con un tonfo, abbandonandosi a qualsiasi cosa volesse fargli.

Owen gli tirò fuori l'uccello e ci chiuse la mano attorno. Lui si tese, aspettando di sentire le labbra e la lingua.

«Guardami,» disse Owen.

Nathan lo guardò negli occhi. Erano scuri, le pupille enormi.

«Così va meglio.» Glielo accarezzò lentamente.

Guardò la mano di Owen e vide i due anelli al dito. Ricordando cosa significassero ebbe un fremito interiore. «Non ci metterò molto se mi farai guardare,» ammise. Sentiva già le palle contrarsi, anche solo per i tocchi con cui Owen lo stava stuzzicando.

«Bene, così nessuno avrà il tempo di sentire la nostra mancanza.»

Owen sogghignò, poi socchiuse le labbra attorno alla punta del suo cazzo e lo risucchiò dentro in un solo lungo, caldissimo movimento.

· · ·

«HO L'ARIA RISPETTABILE?» chiese Nathan dopo aver richiuso la lampo.

«Un po' rosso in faccia, però puoi sempre dare la colpa al ballo.»

Owen si protese a baciarlo, e lui sentì il proprio sapore sulla lingua di suo marito.

«Sicuro di non volere che ti ricambi il favore?»

«No. Aspetterò finché non ti potrò scopare, più tardi.» Owen allungò la mano al chiavistello.

«E se lì fuori ci fosse qualcuno?» sibilò Nathan, d'un tratto di nuovo ansioso all'idea che li beccassero, adesso che il calore del momento era passato.

«Uscirò io per primo e controllerò. Se ci dovesse essere qualcuno mi chiuderò la porta alle spalle e tu aspetterai qualche minuto.» Socchiuse la porta e sbirciò fuori. Si irrigidì per un attimo e poi si rilassò, invitando Nathan a seguirlo con un gesto. «Tutto a posto. È solo Simon.»

«*Solo* Simon. Cosa dovrebbe voler dire?» Simon si girò, tamponandosi le mani con un asciugamano di carta, e si appoggiò con la schiena contro i lavandini. Poi incrociò le braccia e scosse la testa, fingendo di disapprovare. «Ragazzacci. Spero non abbiate schizzato su quei completi.»

«No, no.» Owen si leccò le labbra. «Penso di averlo acchiappato tutto.»

«Il sesso matrimoniale non è troppo noioso per te, allora?» Simon fece un sorrisetto. «Che bella cosa.»

«Credo di poter imparare a conviverci.» Owen prese Nathan per mano e intrecciò le dita alle sue.

«Ma guardalo il mio ragazzo, quanto è cresciuto,» commentò affettuosamente Simon. «Giusto un anno fa mi ricordo che mi hai detto che non pensavi di essere uno da matrimonio.»

Nathan ridacchiò; ricordava quella conversazione.

Owen gli lanciò un'occhiata in tralice, e i loro sguardi si inchiodarono l'uno nell'altro. Si sorrisero, tra di loro sbocciò un'ondata di calore, e Nathan immaginò il futuro che li attendeva.

«Evidentemente mi sono sbagliato.»

NOTE SULL'AUTORE

Jay vive appena fuori Bristol, nel West England. Viene da una famiglia di scrittori, ma ha sempre pensato che con lui il dono per la scrittura narrativa, avesse saltato una generazione. Ha passato anni a scrivere solo e soltanto email, articoli, o contenuti internet.

Un giorno ha deciso di provare con un racconto, giusto per vedere se ne era capace, e ha scoperto che dava dipendenza. Non ha più smesso di scrivere da allora.

Website: www.jaynorthcote.com
Facebook: www.facebook.com/jaynorthcotefiction
Twitter: @Jay_Northcote

Ho una nuova newsletter dedicata esclusivamente ai miei lettori italiani nella quale condivido le novità sulle uscite dei miei libri italiani. Se volete iscrivervi, potete trovarla al seguente indirizzo:

https://bit.ly/jaynews_it

GIÀ IN ITALIANO

https://jaynorthcote.com/translations/italian-translations/

Owen & Nathan
La sfida degli appuntamenti
Niente nozze per me

The Rainbow Place Series
Rainbow place (edizione italiana)
Un posto sicuro
Un posto migliore
Fango e pizzo
Un posto felice

The Housemates Series
Una mano amica
Come innamorati
La pratica rende perfetti
Guardare e volere

Ripartire da zero
Bello in rosa

La Legge dell'Attrazione
Vorresti?
Quello che succede a Natale
Una Famiglia per Natale
Santa Secret
Niente di serio
Niente di speciale
Bloccato con te
Niente di azzardato
Una seconda occasione
Un ragazzo per Natale